◆▶ 中国文学名家小小说精选丛书

羊城飘雪

黄超鹏　著

江西高校出版社
JIANGXI UNIVERSITIES AND COLLEGES PRESS

南　昌

图书在版编目（CIP）数据

羊城飘雪 / 黄超鹏著 . -- 南昌：江西高校出版社，
2025.6. --（中国文学名家小小说精选丛书）. -- ISBN
978-7-5762-5591-1

Ⅰ . I247.82

中国国家版本馆 CIP 数据核字第 2024R6S904 号

责 任 编 辑　龚　振
装 帧 设 计　夏梓郡

出 版 发 行　江西高校出版社
社　　　　址　江西省南昌市新建区工业二路 508 号
邮 政 编 码　330100
总 编 室 电 话　0791-88504319
销 售 电 话　0791-88505090
网　　　　址　www.juacp.com
印　　　　刷　鸿鹄（唐山）印务有限公司
经　　　　销　全国新华书店
开　　　　本　650 mm×920 mm　1/16
印　　　　张　13
字　　　　数　160 千字
版　　　　次　2025 年 6 月第 1 版
印　　　　次　2025 年 6 月第 1 次印刷
书　　　　号　ISBN 978-7-5762-5591-1
定　　　　价　58.00 元

赣版权登字 -07-2024-967

目 录
CONTENTS

第二辑
时代新风

第一辑

奇人旧事

◀ 三招鲜

早年间，西关的茶居茶楼多过米铺。上至达官贵人，下至贩夫走卒，闲暇时都喜欢到茶楼来上一盅两件消磨时光。茶楼多有两层，底层大众消费，楼上雅座包厢，楼层越高，茶价越高。

有钱楼上楼，无钱地下头。楼下热闹，消遣娱乐接地气；楼上清雅干净，文人聊事，商人谈生意，或交流信息，互通有无，是交友之地，亦是交易之所。

上下九街有一条商业街，林立十几家茶楼。出名的有茶香楼、三元楼、品茗楼、莲雅居、五柳居、逍遥居，有的茶品出众，有的茶点出色，有的茶点茶叶品种繁多，各有各的卖点。

茶楼市场趋近饱和，再开茶楼很难立足。无数人来开新店，开了又关，折戟沉沙。

一年前，一位陈姓富商有意涉足茶楼生意，斥重金买了上下九街一座旧官邸大院进行改建，起名"陶然居"。新茶楼雕梁画栋，门前双柱，前后各三层，铺面饰以壁画金箔，木雕泥雕石雕，造工精巧，雅座的桌凳都是酸枝家私，别致中透着格调。后厨是挖来的名厨，精通粤菜和粤式点心，出品上佳。

临开张前几日，陈老板特意请来一众好友试茶试菜。来的多是名人雅士，有几个还是出了名的老饕食家。几杯茶下肚，座中一位豪绅对陈老板说："你的茶楼想在西关占有一席之地，仅靠这些，怕是不够。"

"那当如何？"陈老板虚心请教。

"我且赠你三招！"豪绅呷茗一笑，娓娓道出。

第二天，羊城各大报刊上刊登了一则征联广告，用"陶然"二字冠头格征联，评出最佳对联，首奖奖金五十元。五十元在当时数目不菲，众人纷纷应对，珠玉纷至。后来虽然首奖空缺，只给了几个优秀奖，每联奖金两块，但陶然居的名号一炮打响。

借着这股热度，"陶然居"开业。

开业首日，路人见到有一队身穿"陶然居"字样服装的汉子，红色扁担红色水桶，桶身漆"白云山泉"四字，从市郊的白云山浩浩荡荡下来，一路朝着西关"陶然居"走去。如此这般，连续数周。羊城人皆知，白云山上有白云泉，用来烹茶最佳。大家传言"陶然居"的茶都是以白云山泉冲泡，尽管"陶然居"的茶位费比其他茶楼高出一倍，却依然门庭若市、座客常满。至于是否真以山泉水冲泡，无人深究。

逢年过节，"陶然居"的饼食礼盒也与众不同。

中秋节，会请城中名士撰写雅诗美文，文章或以四六骈体，或引经据典，或使用生僻古字，甚至有洋文的祝福语附在月饼盒中，让人觉得新奇，又可拿来与朋友互比才学。端午节，粽子里会随机塞入金币，谁买到就归谁，图一个好彩头，买东西能赚钱，趋之若鹜。元宵节，礼盒上又出现各种灯谜，顾客猜出谜底，到店中报出答案便可折价抵金，俗中带雅。

怪招妙招频出，"陶然居"的名声越来越大，到"陶然居"品茗者日众，陈老板赚得见眉不见眼。

三招鲜，吃遍天。

靠这三招，"陶然居"不单跻身西关茶楼行列，日后竟成羊城第一茶楼。

——原文刊于《小小说月刊》2024年4月上

◀ 羊城茶馆

羊城人做生意讲究一个好意头。

店铺招牌首当其冲，名字除了要响亮好听，还得喜庆招财，一般多是红底金字。西关有一家小茶楼，招牌与众不同，用得竟是黑漆裸字。如此不吉利的招牌是不得已而为之，此店开业当天，恰好是清朝皇帝驾崩，全国服丧，禁用喜庆之色。老板只好把招牌上的金漆刮去，用黑漆把红色覆盖掉。

迷信之人，或许会认为很不吉利。食肆老板却不在意，认为开店做生意，靠的还是本事和口碑，风水之说不能尽信。

小食肆开业后，因物美价廉、出品不俗、童叟无欺，生意蒸蒸日上。食客们都说，老板的好品行就是最好的风水。

有一年，凌晨时分，店里的小工早早起来烧水，准备和面做早点，意外发现厨房角落的大碗柜里居然躲着一个贼。工人大叫，店老板和邻居们闻声赶来，围住大碗柜，贼吓得不敢出声，也不敢出来。邻居提议用开水泼淋盗贼，逼他出来，也让他吃点苦头。

老板打量一番，发现贼身材瘦弱，似乎是个孩子，马上制止。好言相劝小贼，承诺不会将他押送官府，也不会打骂他。过了许久，小贼战战兢兢出来，果然是个面黄肌瘦的半大孩子。他跪地求饶，向众人解释，只因家乡受水灾，来省城投亲又被偷了钱财，一时之间没有落脚之地，饥饿难耐，逼不得已，才偷潜入店内，想找些吃食果腹。

店老板听罢，马上叫伙计给孩子送来食物。吃过后，店老板还慷慨赠与几块钱，让他有路费去寻亲戚。小偷感激不尽，记下老板姓名，拜谢离去。

几年过去，老板一家仍在西关经营小食肆。忽然有一天，接到侨批局送来的侨批，里面附有银洋数百，信寄自南洋，没写寄信人具体地址，落款只写着"倪大贵"三字。

老板回想，自己似乎没有亲戚在外，更没有亲戚朋友姓倪。一开始以为寄错地址，请侨批局退回。几天后，侨批局又送来汇票，说没有送错。他当然不肯收下银钱，坚决要求侨批局把钱退回南洋，要不就告知寄件人的真实信息。谁知，没过多久，侨批局又寄过来，这一次，还有一封信件解释。

信中说道，寄件人少时沦落蒙难，多亏掌柜钱财帮助，后与亲戚一同到南洋谋生，时来运转，生意顺利，赚了不少钱。于是就想报答老板，特汇寄几百块答谢，并祝生意兴隆。恳请他们一定把钱收下，万万勿要退回云云。

读罢掩信，老板和妻子陷入回忆。

倪大贵不正是"匿大柜"的谐音吗？夫妻俩想起藏匿在大碗

柜里的那个年轻人，不禁恍然。

几块钱换来数百银洋，成为一桩美谈。店老板没有再把银洋退回，而是投入到生意中，扩建食肆。店铺焕然一新，招牌依旧，仍是黑漆裸字。

每一年年底，老板盘点算账，都会截留一部分盈利，当作股份分红，以"倪大贵"的名义，捐献出来给羊城的方便医院。方便医院是收治收容异乡劳动者的处所，遇到病重不治者，还予以收殓善后，是不折不扣的慈善救济所。

善行善举一经传开，更多食客前来捧场，生意益发兴旺。

望着门口黑漆裸字的旧招牌，众人心生感慨，皆夸老板心慈人善，不忘本。

——原文刊于《山西老年》2024 年 4 月

◀ 盲棋

    阴雨绵绵，宝华茶室里稀稀拉拉坐着几位茶客，每人占据一张桌子，有人闭目养神，有人把玩手中的棋子，有的人低声喝茶，气氛沉闷。

    他们是茶客也是棋手。

    宝华茶室的老板为在多如牛毛的羊城茶楼中突出重围，独辟蹊径，把自家茶室打造成弈棋茶室，竟也闯出一片新商机。茶室给职业棋手以优惠茶费，招来不少名棋手驻场流连，品茗论棋。职业棋手靠下棋比棋维生，以前多守在路边街角摆摊开棋档，风吹日晒，环境自然没有茶室里面舒服。棋手聚居，成行成市，被吸引来学棋下棋的棋客就越来越多，成为固定下棋的地点，茶室赚的就是这部分棋客的茶钱。

    来茶室下棋的棋客比街边的棋客，档次高出许多，多是城中好棋的老板和达官贵人，下棋消遣娱乐，出手阔绰。除了要付茶钱给茶室，与棋手对弈，会另外付"学费"给棋手，一局几角或几元不等，全看棋手棋力和等级。当然，棋客如果信心爆棚，可以与棋手对弈博彩，约定好彩金，赢棋的人就能拿走彩金。

下雨天，没有棋客上门，闲着无事，棋手间会互相对弈比试，打发时间。

坐在正中央桌子的李棋手向隔壁桌子的张棋手发起邀约，张棋手犹豫不决。要知道，李棋手可是棋手中公认的第一高手。棋力高的棋手多客户下棋，他们的位置一般在中间或前面，而棋力较差的棋手只能坐后排或角落位置。

"我可以让你一车！"李棋手对张棋手说道。

棋手们窃窃私语，让一车或双马是棋手应对棋客的惯用伎俩。因两者棋力相差甚远，让棋可让棋客们不至于感到无趣，或觉得有胜利的希望。高明的棋手能把控棋局的走势，故意下成和局或险胜，甚至输掉一两局，来争取顾客下次光顾。

棋手们之间的让棋，就有点让人下不来台，摆明小觑对方的棋力。

张棋手没答话，听到另一个浑浊的声音答道："再让双马，我和你下。"众人循声望去，声音发自坐在角落的包棋手。

"就算人家让你一车二马，你也不一定能赢！"其他人嘲笑道。包棋手是所有人中棋力最弱的一位，经常被其他棋手看不起。找他下棋的客人少之又少，包棋手赚的钱也最少，衣着残旧，显得十分落魄。

"是我让他一车二马。"包棋手愤愤道，"不过有额外条件，我要下……盲棋。"盲棋，就是蒙着眼下棋。

众人哗然。

有人站起来，径直走向包棋手，忽然俯下身子，鼻子轻嗅，继而嘲笑道："还纳闷你口气变得如此之大，原来是喝了酒呀！"

其余几人略显惊讶，现在是白天，居然就喝起酒来。茶室老板阴沉着脸，略显不快，剜了伙计一眼，暗责没看好，让包棋手带酒入内。伙计很无奈，店里没客人，他只顾着殷勤伺候其他名棋手，没多理会坐角落的下等棋手，让他们自己动手冲茶，没想到姓包的居然将酒倒入茶杯中喝了起来。

"我愿意奉陪！"李棋手说道，"我出点彩金助兴，你赢了钱归你。你如果输了，不要你的钱，只要你以后别再来茶室下棋。"李棋手此举明显讨好茶室老板，他知道老板一直不好意思赶走包棋手。

"好，一言为定！"包棋手没有退缩，带着几分醉意，晃晃悠悠走到中间的桌子前坐下。其他人都围了过来。

茶室伙计找来干净的黑布条，分别蒙在两人眼部。

对弈开始，双方棋手说出棋步，由他人代下。一开始，李棋手占了上风，可下到一半，就出现记忆偏差，走错两步，局势逆转，输给了包棋手。

其他人大感意外，内心不服，叫嚣着也要领教包棋手的盲棋。

"一个个来太麻烦，一起上吧。"包棋手冷冷道。

"小子狂妄！"众人摆开棋局，纷纷蒙上布条。

包棋手一扫往日颓唐气色，蒙着眼端坐，左手在桌角轻打节拍，头部微晃，以一敌六，依次落子。

棋招脱口，棋子跟着移动。半炷香时间，六个棋手丢盔弃甲，举手投降盲棋需要强大的记忆力，棋力再好记不住棋步，依旧一败涂地。

盲棋一战，包棋手的大名轰动羊城棋坛。棋客们知道宝华茶室有位盲棋高手，纷纷前来，指名道姓要与他下盲棋。老板自不舍得包棋手离开，敬若上宾，生怕得罪财神爷。

包棋手自此专攻盲棋，有许多棋手效仿，但都达不到他的棋力。不久，羊城评选四大棋手，包棋手位居首位，众人皆服。尽管包棋手的棋力只能算次一等的棋手，可盲棋水平———天下无双！

———原载《传奇故事 经典美文》2024 年 3 期

◀ 画怪

画怪姓李，生平奇且怪。

他少时学国画，后远赴西洋谋生求学，跟外国人学起西洋画。学贯中西，所以他的画作亦中亦西，有中国画的韵味，也有油画的写实。喜欢的人爱不释手，不喜欢的人则评价他的画很怪。画怪因此得名。

他的画作在国外得过无数大奖，画作常卖出高价，让他衣食无忧，过上舒适富足的生活，结交来往的都是上流人物。

一次，在宴会上结识同盟会分会的某个领导者，得知他们的宏图伟略，又痛恶清王朝的腐败没落，毅然决然将自己所有画作变卖，所得钱财皆奉献出来作为同盟会活动之经费。还有一次，清廷军舰前往外国访问兼慰问华侨，画怪冒死登舰宣传，慷慨陈辞，晓以大义。最后，竟说动舰长和全体官兵起义，参加革命，为推翻清王朝立下汗马功劳。

民国建立后，画怪回羊城定居。

本来以他的资历和本事，谋求公差或高位并非难事。他却不要什么肥差职位，依旧闲云野鹤，只想随心所欲画画访友。有些趋炎附势的官员想巴结他，他都敬而远之，避而不见。遇到贪官污吏，他甚至会当面痛斥。

想求他的画作也非易事。他作画，首先看人，只有高洁风雅之人，他才愿意为之作画。有一次，一位大官请他画像。其间，画怪从别人口中得知此大官外表廉洁，内里却肮脏不堪，遂愤然毁掉辛辛苦苦画了一半的作品。自然而然，画作酬金打了水漂，还得罪了那位大员。众官员皆说他画怪，脾性更怪，不懂人情世故，怪人一个，渐渐少了来往。

画怪乐得自在，搬到李家巷中隐居，深入浅出，隐姓埋名，附近居民都不知道这里住着一位曾叱咤风云的大画家。

一夜，巷子里十几户人家遭了窃，唯独画怪一家安然无事。

有人猜测画怪可能暗地里通匪，不然怎会安然无恙？巡警们前来调查，查到画怪家，只见家中装修简陋，各处摆满画作，不像是大富大贵之家，但也非家徒四壁。

巡警直接道出心中疑问，询问他昨夜是否听到盗贼入户？

画怪摇头，答说昨夜睡得酣然，没听到什么响动。

为何就你家没被盗呢？奇也怪也！难不成盗贼认识你？巡警百思不得其解。

画怪笑笑，请巡警们到门外，指着门边一块长条木板，请他们翻过来细看。巡警翻过一瞧，只见木板上赫然写道：私家侦探事务所。

"平日，我外出喝茶或入夜，就会把木牌翻过来。有时就算门不上锁，出不闭户，都没有小偷敢进来光顾，此乃空城计，能起到阻吓作用。"画怪得意道。

聪明的小偷多不愿意太岁头上动土，得罪侦探。巡警们恍然大悟，无奈苦笑，认为画怪此招虽怪，但也十分有效。

半月过去，窃案始终无法侦破，损失没追回。被盗的邻居们终日唉声连连，自叹运气不好，苦于生活艰辛，遭窃无异于雪上加霜，屋漏偏逢连夜雨。画怪见状，从自家画作中随意挑出一幅，写上大名，托隔壁邻居送到城中字画店售卖。字画店老板见到画作落款，欣喜若狂，出重金收购。邻居领回来一大笔钱，画怪嘱咐将其分给被盗的几户人家。

众人感激不尽，一数分到手的钱，居然比被盗的财物要多上几倍。

——原文刊于《小说月刊》2023 年 8 期

◀ 红船
. . . .

　　羊城荔枝湾边停靠着一艘红船，头低尾高，船底扁平，上有帆，船身绘有龙鳞菊花图案，通体緋红。

　　粤剧班，常年在珠三角沿河一带巡回演出，为方便行程，便吃住于红船上。

　　这艘红船来自佛山，有60余人。班主是省内名伶，人称"红棉花"的花旦秋棠。他们刚替西关大户完成4日3夜七套大戏的台期，正忙着从临水搭建的戏台上收拾衣箱回船。

　　打远处小跑过来一队兵，为首是个团长，骑着白马，全副武装，行至船前。班里的坐舱瞧得出军队是冲着他们来的，赶紧迎上去，满脸媚笑，说："长官，远道而来，不知……"

　　团长冷目横眉，马鞭一挥，挡住坐舱的热乎劲，声若洪钟："接到线报，说你们戏班里混进共匪，特前来搜捕。"

　　伙计们闻声都停下手，聚拢过来。小队兵在戏台前排开，荷枪实弹，呈半月形状，将众人与船围在圈内。

第一辑　奇人旧事·

一句话吓得坐舱脸孔发白，只见他连连摆手，龇牙弄脸，挤出一丝苦笑，战兢答道："我等小民，卖戏为生，怎敢收藏匪徒，惹上事非……"

"我问你们，最近几日可有新加入戏班的人？有的话，自个站出来。"团长大声喝道。

戏班众人噤若寒蝉，有几个不时抬头，望了几眼坐舱。

坐舱俯低身子，献上戏班名册与团长，说："班中众人多订有两年三年期，我等小班，一人身兼多职，单单我就还得兼顾管数、掌班二职。船中采购厨工亦由学徒担当，从去年组班至今，并无一个新人，怎可能随随便便招人入班呢……"

"少废话！"团长不耐烦，一脚踢倒坐舱，身后小兵手起，枪头指着坐舱后脑，坐舱伏地跪拜，大气不敢再出。

花旦秋棠拖着花枪飘然而至，对团长行了个礼，道："小班初来省城宝地，乃受贵客相邀，恐是抢了本地戏班的生意，人家心生忿懑，虚报情报，想要嫁祸于我等罢了。"团长翻身下马，眼见秋棠如花美貌，不禁含笑道："情报是真是假？可得本座查过方知！"

"不知大人想如何搜查？"秋棠再问。"本座少时曾学过几年曲音，略懂剧调，我知道你们红船中人，上得船，多数是师徒家属关系。常言道，人人会戏，个个能音。"团长顺势在身旁的戏箱上坐下，翘起二郎腿，足跟不时敲打箱子。"共匪如新加入戏班，一时半刻间，必不谙戏本，不通音律，定会露出马脚。今日我便来个齐潜王听戏，将滥竽充数之人揪出来。"

花旦秋棠柳眉轻蹙，想了想，道："一个个轮着吹拉弹唱，不免费时，不如我们演一出《穆桂英挂帅》三军大战，全班尽出。您细细看，可好？"

"甚好！"团长略略沉思，旋即拍手称妙。

坐舱想动，被枪紧紧抵住，只好作罢。

稍事准备，棚面萧笛二胡并起，大钹锣鼓共作，花面开声，伶倌出场，粉墨登台。三四人千军万马，六七步万水千山，纵马挥鞭，枪来剑往。文武穿插，秋棠运气酣畅，唱得是格调新颖、韵味十足；打得是刚健洒脱，有板有眼。

团长摇头晃脑，轻打节拍。眼见台上表现个个专业规矩，无一点破绽，就连跑龙套的小孩举手投足间，俨然皆有行家风范。

一本未了，团长陶醉在优美的曲律和唱腔之中，将追查的事抛到九霄云外。

曲终谢幕，秋棠下台。团长心悦诚服，抱拳赔罪，下命收兵告辞。

众人目送士兵们一点点消失在暮色之下，坐舱仍伏跪在地，良久不语。班众想扶起坐舱，他却朝众人重重磕了一记响头，道："我忠良谢谢诸位了！"

秋棠轻盈踱步，将忠良搀上位于红船青龙位的卧室，想看他的伤势有无大碍。忠良揉搓被团长踢伤的胸口，跟着到卧室。四下无人，秋月并不急着开箱寻找跌打药，突然转身对他轻声说了句，"长亭外，稻花香！"

一句莫名的说词，要是落在他人耳中，会以为是秋棠的戏词，可跳进忠良心中，仿佛一颗石子落入平静的湖面，激起阵阵涟漪。

这句话上级曾告诉过他，正是接头人与他相认的暗号。

"面苍生，开怀笑！"忠良答。

两双革命者的手紧紧握在一处。

"上级命我将你转移到梅县，明日你便跟红船一道出城……"

——原文刊于《番禺日报》2018 年 2 月 22 日

◀ 西关大押

羊城西关多大押，大押就是当铺。

清朝时，西关是羊城的商贸中心，其中有银号一条街、十三行等，酒楼茶馆林立，更有妓院、画舫、花酒馆等环绕周围，衍生黄赌毒各种行当，复杂热闹。当押业随之兴起，清朝中叶到民国初年是西关大押的黄金时期，最多时，大押有数十间之多。当时，最出名的大押有迪吉大押、东平大押、宝庆大押、昌兴大押等。

西关的大押建筑奇特，多为前铺后仓库的格局，一高一矮，前面矮的是店面柜台，后面高的是碉楼式的货楼，拾级而上，货物储存在二楼，可防水、防火、防盗。碉楼上的窗户窄，能透气通风，但不能传递货物，可供瞭望射击，易守难攻，坚固厚实的青砖墙壁宛如铜墙铁壁。

一进大押内，迎面就是一块木头大屏风，俗称遮羞板。从木板左边入，交易完毕从木板右侧出。有了木板遮挡，外面的路人就看不到当铺里的情况，落魄之人前来典当，避免了被熟人看见的尴尬。大押的柜台没有门，无法直接入内，只能站在柜台外，柜台有一人高，设有木栅或铁枝屏蔽，朝奉坐在里面高高在上。典当的人得抬头仰视，把物品上递，对方居高临下，自己输掉气势，自然有利于大押杀价压价。

大押的规矩颇多。

最出名两条，谓之二不当："神袍戏衣不当，枪支弹药不当！"神袍戏衣指的是从死人身上扒下的寿衣、殓服，也代指一些来路不明的东西；政局混乱、盗匪猖獗时，常有军兵地痞，拎着炸药枪支等入大押强行抵押取款，名为质当，实为勒索。故对于此类物品，大押亦敬而远之。

质押，说白了，便是以物相抵，不同于买卖，可以赎回。大押赚的除了高利息，更大一头是赚死当之物。逾期的物品就归大押所有，有权变卖获利。质押的货物，大押一般开出贱价底价，就算是货真价实的古董金银，也会被贬损压价。低价的目的一来是利润最大化，二来防止典当期间有破损丢失，照当票上的标价赔付，也亏不了多少。大押被称为第二钱庄，获利丰厚，可见一斑。

在西关开得起大押的绝非平庸之辈，不单要财力雄厚，能请得起安保，还得和官府打交道，攀上关系，有了保护伞，就能杜绝闲杂无赖寻衅滋事和不必要的麻烦。除此，大押还会与当铺附近的居民打好关系，关系好了，多个保障眼线，少了份偷鸡摸狗的风险。

譬如位于西关西角的恩宁大押，每年春天，都会腾出地方，让住在附近的百姓把家中的棉被送到大押货楼寄存。由于南方潮湿，棉被厚重占地方，一般人家难以保存，能放入碉楼省事安全，用大押的油麻纸袋封存，又不容易发霉。大押只收取少许保管费，冬天用到时可以赎回使用。

一年初春，恩宁大押的王朝奉刚入库好街坊们送来的棉被，就听到革命党人刺杀广州将军的消息，新上任的将军被当场炸毙。一时间，全城戒严，风声鹤唳，清兵在城中各处搜查抓捕革命党人。

王朝奉担心贼人趁火打劫，果断关门休息。入夜，官兵搜查到大押附近的民居，王朝奉从相熟的兵勇口中探知，有几户居民竟有参与刺杀之嫌，可惜人去楼空，没抓到人，也没在家中查到任何枪炮。

王朝奉听后，心惊胆战，没想到平日和善老实的邻居中竟藏着革命党，他回到大押内，辗转难眠。深夜起身，提着灯笼悄悄入货楼清点，走到这两日收的棉被处，伸手入内摸索，大惊失色。烛光照耀，好几条棉被夹层内竟藏着枪械零件和子弹。

王朝奉后怕不已，本以为左邻右舍，没多检查，没想当了一回帮凶。他不敢声张，原样封好，用草绳扎紧。

半年后，局势渐趋平静，百业恢复常态。

一日，恩宁大押来了两个生面孔的汉子，拿着几张当票，明言要赎回几张棉被。时值盛夏，无须用到棉被，实属异常。但王朝奉不敢多问，只认当票不认人，干脆利索让其赎回。

汉子们拱手离开。

没几日，王朝奉就听到革命党人攻打衙门的消息，他们用棉被覆身，抵挡子弹，发起冲锋，起义轰动全国。

——原文刊于《传奇故事 经典美文》2024 年 1 期

◀ 竹升面

潮州人林子在羊城西关开了家面馆。

林子的老丈人鲁老丈只有一个女儿。鲁老丈身子骨硬朗，闲着没事，就从潮州乡下过来帮忙。林子的面馆生意不温不火，得知女婿店里用的面条都是从别人那里进货，鲁老丈便建议用自家生产的面条，自产自销。

林子嫌自己和面压面条麻烦且费时，鲁老丈拍着胸口打包票，说，一定不会耽误他做生意。

第二天，鲁老丈起了个大早，就在店铺一角架好桌子，开始和面。鲁老丈用的是高筋面粉，不加一滴水，只加入鸭蛋液，混成面团。他找来一根碗口粗的竹竿，竹竿一头用纱布垫高、绑好，用重物固定住，然后将面团置于竹竿中段下面。鲁老丈骑坐在竹竿另一头，双脚悬空，身子上下晃动，一下弹起一下下压，反复弹跳，有规律地移动压面，面团被不停地展开翻起。如此反复，最后再切成云吞皮或制成面条。林子将面条煮好一试，发现面条韧性十足，爽滑弹牙，还有一股淡淡的蛋香味。

竹竿在鲁老丈身下，如同轻盈挑拨的琴弦，流淌出悦耳的节奏声。好奇的食客，试着骑上竹竿，想学鲁老丈的法子压面，不是压不好，就是压不准，力道没把握好还容易把竹竿压断。众人佩服鲁老丈的身手和功力。

更令食客们称奇的是，鲁老丈老当益壮，一天能压上几百斤面条。鲁老丈压的"竹竿面"成了面馆的活广告，食客们可以一边吃面，一边欣赏鲁老丈压面，新鲜有趣。压出来的面条和云吞皮做成的云吞面，渐渐成了林子面馆的招牌。食客们嫌"竹竿面"不好听，取步步高升之寓意，将鲁老丈压的面唤作"竹升面"。

生意好了，麻烦接踵而至。

中午时分，正是面馆生意最旺的时刻。鲁老丈埋头压面，女婿煮面，女儿收拾桌子招呼客人。五个彪形大汉坐到面馆门口的桌子上，不吃面，却拍起桌子，乱扔碗筷，呵斥店内的食客。食客们吓坏了，见势头不对，赶紧起身走人。

林子从后厨出来，认出了闹事之人，知道他们是附近几条街的地痞，一直打着收保护费的名义，勒索开店的商家。林子之前已经交过钱，可他们认为面馆的生意火爆，狮子大开口，要求林子上缴三倍的保护费，林子自然不答应。

"哥几个，有事好商量，别吓到客人。"林子拱手说道，"我们是小本生意，要三倍的钱，实在付不起。"

"不愿意给，就是没商量。"地痞们一把将桌椅全部掀翻。林子想上前阻止，砂煲一般大的拳头瞬间招呼到他的下巴上，林子惨叫一声倒地。地痞们还想上前踩林子几脚。忽然，一片粉末扬起，直扑地痞脸面。只听到噼里啪啦的响声，一眨眼的工夫，闹事的那帮人都躺在地上不断呻吟。没人看到鲁老丈是怎么出手的，只见他扶着那根压面的竹竿站在店门口，气定神闲。

地痞明白这是遇到了练家子，灰溜溜地跑路了。

附近的商家们得知后，拍手叫好，年轻人纷纷跑来，要拜鲁老丈为师。为了让众人不再受地痞欺辱，团结起来，鲁老丈同意了他们的请求。

"我使的其实是棍法，称为南枝棍。"鲁老丈倾囊相授。没多久，徒弟们都学到一身功夫，有三位天资聪颖的年轻人，棍法更是出类拔萃。没承想，学到功夫的徒弟心态发生转变，打跑了地痞，自己摇身一变，也暗中收取保护费来。

时间一长，劣迹传到鲁老丈耳中。借着给自己过生日的由头，鲁老丈将三个高徒请到家中。徒弟们兴高采烈，拎着贵重的礼物前来给师傅祝寿，贺礼一个比一个贵重。

酒过三巡，鲁老丈对徒弟们说："为师还有一招后手没有教与你们，今日我们师徒几人比试一番，我把最后一点心得也告诉你们。"

徒弟们听了，都喜出望外。

"你们三个一起上吧，全力使出所学，不用保留。"鲁老丈说。

徒弟们持着棍棒，一拥而上。鲁老丈毫不留情，噼里啪啦一顿过招。尘埃落定，三个徒弟的双手都被打断，棍棒亦断。打断的手骨，就算接好医好，以后也不能再耍枪弄棒，功夫算是废了。

"不是为师心狠，是你们忘了初心。"鲁老丈说，"这便是我教你们的最后一招！"

一年后，鲁老丈收拾行囊回了潮州。女婿林子虽然尽得鲁老丈真传，但严格遵守和鲁老丈的约定：此后收徒，需先考察人品三年，三年之内不教任何武功，只是在面馆里用竹竿压面。

——原文刊于《天池》2024 年 1 期，《小小说选刊》7 期转载

◀ 花地

玉兰花上的露珠还没散去，嘉铭已经忙碌了好一会。停下手歇息喝茶，园主劳亨过来对他说道："打明起，你不用来了。等下去跟账房结了工钱，回家去吧。"

嘉铭望着眼前的花花草草发愣，他不舍得这里的草木，更不舍得花丛中那张楚楚动人的脸庞。忽然，花丛里爆发出声声啼哭。

嘉铭连工钱都没结，抱起铺盖径直走了，去附近的几家花圃问过，没有一家愿意收留他。看来劳园主早跟附近的行家打过招呼，不能招收嘉铭当工人，尽管他吃苦耐劳，伺候花木的工夫也数一数二。

"千不该万不该，你咋看上劳园主的千金呢？那是我们能想的吗？"表叔痛心疾首道，"东家早盘算着要将女儿嫁给西关的行商，攀高枝，咋能叫你个穷花匠破坏了。"

嘉铭低头不语，步履沉重，心中暗想，偌大的花地当真没他容身之地？

羊城有花地，原名荒地，本是孤岛野地，杂草<u>丛生</u>。西汉时南越王大兴土木，各处兴建园林宫殿，修筑庙宇，花木需求旺盛，花农便挑此地种花育木。花田渐成气候，绵延十数里，四季花香扑鼻，芬芳宜人，故又得名芳村。村中地名街道也多用花意，如百花路、浣花路、杏花大街、花蕾路、秋兰街、剑兰街等。

清朝乾隆年间，江苏才子沈复自称无花不识，来花地游玩，能认识的也不过十之六七。此言并不夸张，花地所栽之花，不单有南北奇木，更有海外异花。花地地处羊城西郊外，近白鹅潭，有大通港，洋船番舶来羊城经商，成了停泊抛锚之地。外洋货船上少不得带些外国的奇花异草，花农得到洋花，尝试华洋并种，杂交改良，新品种层出不穷，培育出不少名花名木。洋商也随船将中国的花木带往国外，譬如高贵美丽的玫瑰花，正是唐朝时从花地带去国外的月季改良变种。

清末，花地有八大花园。劳亨的大观园正是八园之首，十来岁的嘉铭在表叔担保下进了大观园当学徒，几年工夫，就学了一身伺花弄草的本领，还与年纪相仿的劳家小姐暗生情愫。没想爱情刚萌芽，就给劳亨发现端倪棒打鸳鸯。为了斩断情丝，半年后，劳家小姐就在劳亨的安排下，嫁给了西关十三行的行商少爷。

嘉铭在花地当不了花匠，黯然归乡。不久，他再次来到花地，摇身一变，成了采购商，前来大量收购素馨花和茉莉花。各大花园看在劳园主面子上没有招聘嘉铭为工匠，可没说不能与之合作，再则素馨花和茉莉花本卖给本地香场制作香料之用，最近几年香料行情下跌，花场里的鲜花销路大减，听知嘉铭回家乡开茶作坊，购买花卉回去是做熏茶之用，用花熏茶，茶叶吸收花香，制出来的茶便是花茶。

后来，嘉铭嫌运输鲜花麻烦，干脆就把家乡茶叶运过来，在花地租了个地方，就地熏茶制茶，制好的茶叶通过羊城这个商业集散地卖到大江南北。茶叶生意越来越兴旺，吸引来更多乡人到花地开茶店办茶作坊，渐渐成行成市。反观大观园的劳家，劳家女婿做生意失败，沉迷于大烟中，家业败光，欠下巨额赌债，连老丈人的花场都被连累变卖，后劳家小姐投河自尽，劳亨郁郁而终。最后大观园几经转手，落到嘉铭手中，他将其改为茶场，公司规模越来越大。花茶浓郁甜香，深受洋人喜爱和追捧，连英女皇都喝过他家产的茶叶。茶场中有一款嘉铭精心研制的花茶，用上等桂花熏香，名曰"劳燕飞"。

不懂的人以为取自劳燕分飞之意，了解内情的人才明白，劳燕飞，正是劳家小姐未出阁时的名讳。少女时的劳小姐，屋内窗台都摆满了花香似蜜如糖的桂花，沁人心脾。

斗转星移，如今的花地有全国名列第一的茶叶批发市场。花地上空仍飘芳香，那香更多是茶香了。

◀ 趟栊门

秀姑住在西关骑楼街后面的一条巷子口，她三十来岁，长相端正。她父母走得早，只留下间西关老屋，亲戚极少来往，没人管她的婚事，便一直待字闺中。附近的孩童管没出嫁的大龄女人叫姑，秀姑心想再过几年就得被人叫姑婆，要是一辈子嫁不出去，就成了老姑婆。

每日，秀姑就坐在趟栊门后面，借着透过趟栊的阳光穿针引线。

刺绣一天到晚只能赚几块钱，秀姑却乐此不疲。秀姑把老屋楼上改了改，隔开两间房出租给别人，在门侧另有开小门上去，每个月的租金已足够她过生活。自己住在楼下，从原有的趟栊门出入。

趟栊门是羊城特有的建筑构件。羊城多雨闷热，趟栊门能遮风挡雨，又兼具透气之功能。趟在粤语中有水平滑动推的意思，栊是框格之意。趟栊门有三件套，从外到内，分为屏风门、趟栊和硬木门。

屏风门又叫脚门，高与人齐，可从中间打开，如蝴蝶展翅，轻巧灵便。西关大屋为防水浸街，门前有台阶高出路边，走在石板路上的行人因为屏风门的遮挡，就无法窥探到屋内情况。屏风门还可隔绝烈日暴晒时路面散发的热气和雨天的雨水溅洒。硬木门是厚实大门，夜晚闭户起防盗作用。中间的趟栊为栅栏式拉门，看上去就是个长方形大木框，框内横架十几条圆木，多为奇数，不可为纵向，纵向排列就跟监狱类似，不吉利。日间只锁上趟栊，屋内便通风透气，采光充足。

望着排列有序的红木趟栊门，虽一片红润，喜庆雅致，但秀姑内心还是有苦闷囚禁之感，觉得身处牢笼无异。

闲下来时，秀姑就站在趟栊门后观望，看走过巷道的行人和对门摆在台阶上的花木。她家门前的巷子不长，走到底往右拐便是条断头路，巷子里原来的住户也多搬走，房屋出租，时不时有陌生人搬进来。

最近半年，秀姑看到断头路后最后一户人家住进个年纪与她相仿的男人。男人戴着眼睛，一身长衫，腋下常夹着书，说话斯文有礼。听邻居说，男人是附近中学新来的中文教师。好多次男人经过秀姑家，都会扭头打量一下她家的趟栊门，偶尔与秀姑打了照面，男人笑笑点头。秀姑性格内向，不知如何回应，总是在男人走过后，心里才在挣扎要不要跟男人打招呼，一会又自卑自己没文化，不知道能和人家聊些什么。

半年过去，秀姑仍不知道男人姓名。只知道他是单身，似乎很忙，每日行色匆匆，一大早出门，多半夜里才回来，连放假的时候，也不例外。每一天，秀姑继续朝外张望，眼神里多了点期待。

直到有一天，男人陪着一个女人拎着皮箱走过巷子。秀姑灼热的内心才渐渐暗淡下去，悄悄打听，男人刚结婚了，把妻子从外地接来羊城，住到一块，据说女人还在城里某家报馆谋了职位。家里有了女人，男人待在家里的时间多了，两人常说说笑笑，结伴去买东西，从秀姑门前经过，男人对趟栊门似乎失去了新鲜感，目光也没再落在趟栊门上。

一个阴霾的下午，秀姑照旧在家绣花，忽然听到巷子里传来嘈杂的脚步声，透过趟栊窥探，好几个持枪的警察朝断头路的方向拐了过去，过了一会，四周又恢复了宁静。秀姑的心揪成一团，焦虑不安，不停朝外张望，生怕那些人去找教师先生一家麻烦。

埋伏在教书先生家里的警察，一直等到黄昏，都没有等到主人回家。队长从暗处跳出来，大声骂道："奶奶的，估计走漏风声了，他们不会回来了，白等半天，收队吧！"

躲在床底、门后和柜子里的手下陆陆续续从教师先生家出来，经过秀姑家的时候，正好看到秀姑站立在屏风门后。其中一个身材矮小的警察挥舞着枪，跳上台阶，探头探脑朝秀姑家内打量几下，没看到任何异常，对秀姑说道："你们巷子里住了革命党，给我盯着点，见到可疑人物，就来警察局报告，不然连你一块收拾。"说完，矮个警察嘴里骂骂咧咧走了。

没抓到人，秀姑悬着的心终于放了下来，躲在屏风门下左右两侧的教师夫妻两人也长长舒了口气。刚才幸好秀姑提前预警，将他们两人拉入家中，才躲过了和敌人的正面相遇。

教书先生一家连夜搬走。

十几年后，解放军入羊城，依旧单身的秀姑在家中绣花，穿着军装的教师夫妻两人上门来拜访，给秀姑送来了喜糖，邀请她去参加他们的婚礼。当年，两人其实是革命同志，奉命假结婚潜伏，如今任务完成，假戏也成了真。

——预发表《小小说月刊》已过审

◀ 羊城飘雪

"翻案无望了！"

罗缸村的罗老汉从衙门回来，扔给众人这句话。村人们围在村老罗老汉身边，七嘴八舌想知道经过。

早上，罗老汉骑着驴从距离羊城衙门40多里地外的罗缸村出发，到了下午才见到新上任的县太爷。罗老汉把写好的状纸递上去，县太爷看都没看几眼便退了回来。

"要想翻案，除非如六月飞霜，等羊城飘雪了！"县太爷轻飘飘扔下一句话，转身回了后堂，把罗老汉晾在地下。

罗缸村的案子曾轰动一时。四十年前，罗缸村与隔壁村谢家庄发生山地纠纷，继而产生械斗，两村各有死伤，案件闹到官府。因谢家庄有人在京城为官，当时的县官得了谢家大员的指令，居然颠倒黑白，判罚为罗缸村的错，将原本属于罗缸村的一大片山头都归给谢家庄，当作赔款。罗缸村人不服，几次上诉，几任官员都得罪不起谢家大员，都避开不谈，或维持原判。罗老汉从毛头小伙变成白发老人，心中一直憋着一团火，想为罗缸人讨回公道。这些年，好不容易积攒下一笔银子，本想用来贿赂县官，没想人家不敢得罪谢家大官，竟给出一个如此荒唐的说辞。

羊城地处南方沿海，四季如春，别说下雪，结冰都是异事。家人劝罗老汉作罢，罗老汉倔劲上来，嚷着非要让羊城飘雪。

查过典籍，羊城上一次飘雪发生在东晋年间，一位在洛阳为官的杨议郎，退休归乡隐居羊城珠水南岸。他为官清廉，没有十万雪花银，只从河南带回来两株松柏栽种于家门前。是年冬至，天气骤冷，杨家人起床出门，惊讶地发现郁郁葱葱的松树冠上竟然挂了一层白雪。时人啧啧称奇，认为是杨公高洁清廉，才使得北雪随树南飘，出此奇景。

罗老汉得知杨家后人仍居住在珠水南岸，带上原本要送给县官的那笔银子，乘舟南下至南岸杨宅，说明来意。杨家后人听后一脸愕然，认为老汉的问题很突兀，风云变幻、雷电雨雪是人力不可为之事，杨家人再有能力，也不可能让天降瑞雪。罗老汉跪倒在地，哭诉罗缸村多年来的委曲，同时控诉谢家大员的罪行，言真意切，字字滴血，似乎杨家人不同意，他就长跪不起。

杨家主人是城中名儒，没办法，先将罗老汉扶起，附在罗老汉耳边，指点了几句："你且把银子拿回去。去对岸的芳村花地，或许能有转机……"

罗老汉耷拉着脑袋回家，想了两日，没其他办法，死马当做活马医，真按照杨家主人指点的方法去做。

转眼到了年底，县太爷接到罗老汉的邀请，请他于明日到罗缸村一游。"瑞雪已满山头。"罗老汉在信中写道。县太爷瞧了眼窗外的红日，心中既好奇又复杂。

翌日，县太爷的轿子缓缓行至罗缸村外，还没下轿，就听到轿夫们小声议论。

"真的下雪啦？""奇了，百年难得一遇啊！"

县太爷忙掀开帘子，探头望去，只见远处的山岗似被白雪覆盖。微风吹过，又如漫天飘雪，纷纷扬扬。随风而来还有一阵隐隐的花香，县太爷嗅了嗅，弄明白了，山头上的不是雪，而是白梅花盛开的壮景，随风飘扬的也不是雪，而是朵朵小花瓣。罗老汉用那笔银子向花地的花农买回一大批梅花树，种满村口的山头。

"十里梅花浑似雪。这雪，妙啊！"县太爷口中吟哦道，感叹罗老汉不折不挠，县官没有下轿入村，命令轿夫调头回城。

回到县衙，县太爷便下令重审罗缸村与谢家庄的旧案，秉公办理，推翻之前判决，还了罗缸村人一个公道。

罗老汉心中得意，以为是自己的坚持感动了县太爷。殊不知，处理完罗谢两姓的案子，县太爷还给珠水南岸的杨宅写了封回信，告知审判结果。杨家后人虽没再出仕，但在京城仍有世交相识。罗老汉走后，杨家主人分别给京城和县府各去了一封书函。前几日，京城的密报至县太爷处，告知谢家大员被人弹劾，已落马丢官，谢家庄失了后台。

这一切，罗老汉自然不得而知，依旧山上伺弄梅树。罗缸村满山头的梅花树被村人视为珍宝，流传下来，年年盛放。

"罗缸飘雪"后成羊城美景之一。

◀ 双圣庙

西关有荔湾十八乡，由珠江洪流冲刷积淀而成的小沙洲，共有一十八个小岛组成，河道纵横，村民靠水吃水，以捕鱼和种植各种水生作物维生。后人口繁衍，围基成塘，变成半塘半溪，在基上栽种荔枝、龙眼、黄皮等水果，荔枝树最多，处处花香果香，此地又被称为荔枝湾。

多年来，十八乡风调雨顺、物产丰富，乡民们为感谢神恩，打算在乡里建神庙。建庙是好事，可众人却为供奉什么神仙发生争执。有人提议供奉关老爷，建关帝庙，关羽为武圣，义薄云天，忠勇绝伦，拜此神可保乡境平安、乡民团结；有人提议供奉孔夫子，夫子是文圣，儒家先师，仁爱孝道，拜此神可保佑后代学业有成，考取功名，不用再当渔民。意见不同，建庙一事搁置下来。

乡里有两渔民兄弟，也持着不同意见，哥哥叫仁，喜孔子；弟弟名义，喜关羽。

一日，他们在珠江上打鱼，一网下去，感觉沉重异常，两兄弟合力，费了好大劲才把网拉起，发现网中一条鱼都没有，只有一块半人高的怪石。石头隐约现人形，最奇的一点，从左侧看，石像仿佛孔夫子，从右侧看，像关云长。

两兄弟觉得神奇，忙请回家中供奉。两人各拜各的，哥哥立左侧，拜文圣人；弟弟立右侧，拜武圣人。

石像灵验，没半年，哥哥的儿子就考上举人，弟弟家则顺风顺水，赚了不少钱。乡人们闻讯纷纷赶来参拜。

兄弟俩见信者日众，就顺应民意，索性集资建庙。庙建好后，名曰"双圣庙"，又名仁义庙，仁义共存，一举两得。双圣庙香火不断，信众络绎不绝，共拜二神，不再有分歧。外乡人听闻，都夸十八乡乡人懂得变通。

转眼到了民国，请了外国留学回来的学者任市长。市长鼓吹新文化新风俗，下令破除封建迷信，查封各类庙宇，很多庙宇被征用改建，僧侣道士也多被遣散。

十八乡乡人担心双圣庙落得同样命运。

没等上面发话，他们就将庙堂粉饰一新，改建为村学堂。学堂里有孔子像，合情合理，市长也不能强行拆除。双圣庙成了学堂，逢节假日，学堂停课，乡民们仍然可以进学堂拜神，学生读学生的圣贤书，信众拜信众的仁义神，各自安好，互不打扰。

这种情况一直维持到上世纪60年代。停课闹革命的潮流一起，学生们不上课了，小将们四处打砸各种名胜古迹，捣毁古物古籍。众人听闻双圣庙大名，几天后，兴冲冲跑来，却发现庙内已换了天地，无物可砸，悻悻离去。原来十八乡乡人见学堂都保不住庙堂，得知消息，连夜将神像埋进后院花园，再用灰泥把精美的雕梁画栋覆盖起来，摇身一变，古庙成了加工厂，村民们在这里做些塑料件和手工艺品。实业兴邦，不能破坏生产，小将们不敢轻举妄动。

运动风波过去，十八乡乡人剥去覆盖在古迹上的灰泥，将神像从地里挖了出来，又恢复往日旧貌，庙火重燃。

如今，双圣庙不单香火依旧鼎盛，还因为古迹保存完好，成了市级文物保护单位，是高校和学者们研究古代建筑和文化的好去处。

羊城人曰，双圣庙，一庙双用，举世无双。

——原文发表《潮州文艺》2024 年 2 期

◀ 沧海群龙

端午祭，羊城白鹅潭上有竞渡之戏，百舟争流，两岸站满观赛的乡民百姓，摇旗呐喊声四起，炮仗齐鸣，鼓声震天。龙舟赛从荔枝湾出发，沿着珠江水道一路向前，直到终点白鹅潭。

水面中央立一浮台，台上立着标旗。哪一条龙舟先到达终点，夺得标旗就为胜者，胜者有彩头。彩头不过烧猪、龙舟饼、龙井酒而已，并不值钱，却有美好寓意，祝福赢的村落来年风调雨顺、人丁兴旺。

"上啊！上啊！"围观群众纷纷为自村队伍助威。

龙舟已入白鹅潭水域，领先的有五条龙舟，各队不遗余力，全力冲刺，差距渐渐显现，居中两条龙舟速度最快，齐头并进、势均力敌。左侧龙舟通体黑色，龙头颌长白须，船体瘦长，已有上百年历史；右侧龙舟红身凸眼，头大如斗，款式较为新颖。

两船趋至浮台前，标旗近在咫尺。忽然，红龙首的年轻旗手纵身鱼跃，跳上浮台，把标旗扯入怀中，黑龙上的旗手伸手掠过，

第一辑　奇人旧事

扑了个空。锣声响起，胜负分晓。

年轻人们扛着红龙和彩头奖品，一路上敲锣打鼓，兴高采烈回到村中祠堂。本以为会得到村中众长老的夸奖，却见长辈们背手站立祠前，脸上没有半点欣喜神色，他们早从乡人口中得知夺标的经过

村长一脸严肃，训斥后生们："龙舟夺标，人不离舟，数百年龙舟赛，从未有过人跳上平台抢旗的事，胜之不武，快把标旗和彩头送回给人家，莫要丢了脸面。"

年轻人们面红耳赤，被骂得不敢抬头，也觉得赢得不光彩。

几个长老陪着年轻人折身，敲锣打鼓，扛起彩头奖品，直奔黑龙的村落而去。邻村的村老听知对方前来送回标旗，便等候在村口，说什么都不肯收下标旗彩头，认为要尊重赛果。

双方推让不下，都很敬重对方重情义识大体。最后，红龙村长提议，两村结拜为亲，共享彩头。两龙结契，黑龙年长，为契爷；红龙年轻，为契仔。

从此，两村互相来往，宛如亲人。每年端午节都会举行龙舟巡游活动，五月初五"契爷龙探契仔龙"，五月初六"契仔龙回探契爷龙"，沿珠江而上探亲，热闹喜庆。老龙年迈，不再参加龙舟赛，只在巡游出现，红龙身为契仔，常陪伴左右，且会刻意划慢一个龙头身位，以示尊重。附近村落见状，纷纷效仿，互相结契上亲。

珠江上的龙舟赛年年举行。1938 年，日本兵攻陷羊城，龙舟赛戛然中断。日军不单用军舰封锁珠江口，还在天子码头建了炮

楼，巡逻船不时在江面横行霸道，欺压过往的渔船和商船。

荔枝湾附近的渔民子弟不甘受辱，十几个年轻人在祠堂内密谋，决定趁雨夜端了敌人的炮楼。

几天后的傍晚，下着细雨，江面茫茫一片，一艘红色龙舟如鬼魅穿行于疾风快雨间。江面伸手不见五指时，红舟摸到了岸边的炮楼墙壁。

从龙船上鱼跃起两个身影，快如闪电，一人迅速解决掉炮楼下站岗的士兵，另一人将点燃的火药桶扔进炮楼内。

轰隆一声巨响，炮楼坍塌，楼内的鬼子惨叫连连。

红舟调头往来路逃走，反应过来的日军驾小火轮追赶，一前一后。龙舟逆水行舟，只听得龙舟上发出"嗬呦、嗬呦"的低沉加油声。小火轮速度快，伴随几记枪声，已追至荔枝湾外的河面。日军担心进入荔枝湾错综复杂的水道，龙舟容易逃脱，枪声愈发密集。

眼见就要赶上，这时从荔枝湾两岸的分叉河道里钻出十数条龙舟，如利箭飞行，对准小火轮飞去，距离火轮两丈远，龙舟上的龙头突然火光大作，龙舟手们纷纷跳入河中，龙舟凭借惯性，直指江心，撞上火轮两侧，劈里啪啦，龙头上绑着的火药发挥威力，轰鸣声炸响。火轮船毁，落水逃命的日军被躲在水下的龙舟手们一一解决。

危机解除，红船回船来搭载落水的乡亲，行至火轮沉没处，只见龙头白须的黑龙舟正在游弋救人。

两舟互相抱拳致意。

"契仔杀敌，契爷怎能不来助阵！"

龙舟退敌，又成一段佳话！

◀ 当儿
·············

王朝奉下了高凳，下了台阶，转身走到后面准备封个小利是给孩子。忽然听到身后啼哭声不断，猛地转头，便见柜台的窗口处的人头一闪，柜台上的褓褓仍不停发出声音。他忙疾走两步，呼喊客户，无人回应。伸头往下边看了下，没见到任何人影，大感疑惑。此时已是傍晚时分，天色渐暗，街上行人行色匆匆，都朝家里赶。平常这个时候，没有什么客人，王朝奉多准备收档。

刚有个少女抱着个婴儿来"当儿"，他没多想，按照往日习惯，帮对方办起当赎手续。

"当儿"是羊城的一种特殊风俗。有些体弱多病的孩子，或早产儿，父母担心他们长不大，多灾多难，就会抱着孩子来当铺典当，名曰"当婴儿"。此当并非真的典当，而是走个过场形式，借当铺挡煞。将婴儿高高奉起，从柜台左边窗口送入，当铺朝奉接住，送到店内神主台叩拜后，由票台在四方红纸的"假当票"上写"根基长养、快高长大"八字，盖上挂角印，再在婴儿的衣衫上盖印，甚至有的还会在当票背面印下孩子的脚丫，把当票递给父母。最后，婴儿父母送上金额不一的"赎当"红包，朝奉将婴儿从右边窗口交还，说几句吉祥赠语或附个小利是给孩子，"当赎"便告完成。

王朝奉做的虽然是当铺生意，看似锱铢必较，但为人处事却很受附近居民的赞许，给人的印象多是和善好说话。所以，凡是有"当婴儿"的需求，很多人喜欢找王朝奉的当铺。好几个孩子还跟他上了契，认做义子女。等孩子平安成年，或学业有成，会再送他红包，或请吃宴席答谢。

等了一会，少女没有回来。婴儿啼哭不止，王朝奉忙不迭安慰轻拍，手搭到孩子腹部，发现衣领间夹着一张纸，打开一读，上面写着孩子乳名与生辰八字，他便心道坏了。

如此"当儿"，与遗弃无异。

王朝奉仔细回想，只觉得少女脸生，似乎不是附近人家。王朝奉无儿无女，和夫人商量一番，决定暂时抚养孩子。朋友们得知经过，有人道喜，有人则劝他把孩子送到慈善院。

还有些人找上门来，提出希望领养孩子。其中，就有陈老板。

陈老板是西关首富，银号街上有十几家属于他的银号。但他膝下没有一个儿子，娶了几房姨太太，生下的都是女儿。

一天夜里喝醉酒，他居然强行奸污了刚买回府中的一个小丫鬟，小丫鬟长得眉清目秀，颇有几分姿色。没多久，丫鬟露出孕肚，陈老板又惊又喜，命人将丫鬟禁锢在一处偏僻别院，好吃好喝，让服侍的老婆子陪伴养胎。十个月后，丫鬟产下麟子。陈老板刚好在外地，接到喜讯，他风风火火赶回来，丫鬟和孩子却都不见了踪影。

他派出下人四处打听，一直没找到丫鬟，得知王朝奉得了个"当儿"，孩子的生辰八字还与自己儿子一致，认定那便是丫鬟所生的孩子。

陈老板提出一笔丰厚报酬，想从王朝奉手中"赎回"孩子。

"当铺赎当只认当票不认人，陈老板如没有当票，恕难从命。"王朝奉深知陈老板的为人，并不想把孩子交到他手上。不管陈老板的价钱出到多高，他都坚持自己的原则。

敬酒不吃吃罚酒，陈老板的手重重捶打在桌面上，气得胡子直抖。接下来，陈老板耍了诸多手段，为难王朝奉。先派人拿贵重物品去当铺质当，再重金收买了看守当铺货楼的两个保镖，然后让城中飞盗潜入货楼盗走当物，后命人拿着当票要求赎回物品。失掉物品，王朝奉交不出东西，只好赔钱了事。要不就让地痞持假古董、假货、假金饰去质当，尽管王朝奉目光如炬，次数多了也难免有看走眼的时候，收了假货，哑巴吃黄连。

小富不与大富斗，大富损点钱，伤的是皮毛，小富则是伤筋动骨。夫人劝他去跟陈老板认错，把孩子送给人家。

王朝奉忍无可忍，气鼓鼓关了大门，歇业三天。他让妻子和孩子先回乡下躲避一段时间，连夜去了城外的军营一趟。

几日后，城里来了一支军队，大张旗鼓去到陈老板的府上，征收粮饷，金额巨大。陈老板认为他们有心针对，与其争执，混乱中被枪击中腿部，最后落下残疾，几家银号还被打砸。受此重创，陈老板威风扫地，不知得罪哪路神仙，不敢再在羊城逞强，变卖了产业，举家搬到澳门。

过后，陈老板方打听到现驻扎羊城外的军阀头领，少时贫困，儿时曾被父母送去当铺"当儿"，并认了王朝奉为干爹。

◀ 开眼

民国之前，不论是北戏还是南戏，都明令禁止女人学戏，更不许女人上台演出。在羊城，也有类似的规矩。唯独有一样例外，羊城的歌坛允许女人上台表演，但不是一般的女人。那些歌女都是盲人，也就是失明人。

让失明女人上台，是出于人道考虑，照顾失明人；不允许明眼女人上台，一来有伤风化，二来是怕她们抢了失明人的饭碗。

在茶楼里听盲女唱曲，成了羊城一道独特的风景。

失明人卖唱，赚的并不多。可在女乞丐凤娘眼中，却是一份不错的营生。她有一个女儿叫小凤，丈夫早逝，家中贫困，母女俩沦落街头成为乞丐，乞讨为生。平日，她带着女儿在西关各个茶楼门口乞讨，勉强糊口。小凤聪明伶俐，有一把好嗓子，打小就喜欢唱歌，童谣小调哼唱得有模有样。

凤娘见状，就去哀求几个街头艺人，想让小凤拜师学艺，教小凤唱些能登台的曲目。拜师得送钱，凤娘没钱，求了好几人都没人答应，最后一个拉二胡的盲琴师可怜她们母女俩，收下小凤，指点她学谱学曲。

两年过去，小凤渐渐长大，歌技小有所成。凤娘又去求茶楼的老板们，让小凤清唱几段，请他们给小凤机会，驻场登台献艺。

老板听知来意，十分为难，头摇得如拨浪鼓，回绝道："小凤唱得不错，可不是失明人。从来没有开眼人登台的先例，我们不能坏了规矩。爱莫能助呀！"

求了几个老板，得到的都是同样的答复。没人愿意为了一个小乞丐女，得罪失明艺人，被人戳脊梁骨。

凤娘着急，不甘心小凤跟自己一样，继续当乞丐，百般哀求。有老板受不了，支招道："想唱曲赚钱，倒不是没地方。可以送去当琵琶仔、南词妹……"

南词妹是歌伎，琵琶仔则俗称"未梳拢"，是青楼妓寨中陪酒不陪寝的未成年歌女，成年后方会成为妓女。再洁身自好的孩子，被卖到烟花柳巷之地，最终都会身不由己，沦为男人的玩物。凤娘不同意。

母女俩便在街头卖唱，常遭人白眼驱赶，甚至唾弃责骂毒打。小凤哭泣，凤娘揪心，眼见女儿爱唱歌不能如愿，万分纠结。

这天，小凤略感风寒。临睡时，凤娘不知从何处弄来一晚药汤，嘱咐女儿服下。喝过药，小凤晕晕沉沉睡去。

第二天，几声惨叫惊醒左右邻居。小凤哭声悲哀凄凉，原来母亲给的药是毒药，眼睛被毒瞎，再看不见东西。

凤娘紧紧抱住小凤，恳求原谅，口中念叨："为娘这么狠心，都是为了你好。"

半个月后，小凤平静下来，成了失明人的她终于可以到茶楼酒家登台献唱，凤娘换了身干净衣裳陪伴左右。虽然赚得不多，但已比沿街乞讨舒服万倍。

可是，平静安稳的日子没过多久，羊城就乱哄哄起来。革命家攻打衙门，起义频发，西风东渐，剪发易服，种种改变冲击着旧风旧俗。民国建立后，社会风气跟着慢慢开化，羊城茶楼里出现了开眼女人演唱，那几个女子是花艇上的妓女，曲艺一般，但胜在有几分姿色，招徕不少男客。茶楼老板们见有利可图，纷纷邀请妓寨的歌伎登台，唱歌的明眼人越来越多。

一时间，风气突变，官府不再限制，失明艺人的生意一落千丈，后逐渐被取代。

小凤母女俩的生活再次陷入困境。

凤娘痛苦不已，为了生活，她不得不劝小凤改行，可一个失明的年轻女子又有何活可干？眼见小凤已趋成年，凤娘咬咬牙，将女儿带到妓寨花艇上，想请老鸨将小凤的初夜善贾而沽。

小凤听知，万般不从，趁着母亲不注意，她摸到船舷，往船外一跳，跌落珠江。小凤不会水，两下沉浮就不见踪影，凤娘呼天抢地，求人下水相求，可为时已晚，连小凤的尸身都没打捞回来。

此后，西关的街头巷尾，人们常见到一个疯老妇乞丐在唱着不伦不类的粤讴乞讨，唱词含糊，不成曲调，唱的到底是何剧？没几个人听得出来。唯独每段唱词之间，几记呐喊怪叫和怨言，人们听得清清楚楚。

她这般哭喊："老天爷不开眼啊！你为什么不开眼啊……"

——原载《独石滩》2024 年秋冬合刊

◀ 闭翳湖

扑通一声！打破公园的宁静。

"又有人跳湖了。"有人呼喊道。湖边跑过来几个人，没人下水相救，眼睁睁看着溺水的人一点点隐没在湖心。

民国时期，西关公园一角有一人工湖，羊城人管其叫"闭翳湖"。

"闭翳"是羊城白话，意思是"郁闷、烦恼的、心扉不畅"。不知从何时起，湖边就经常坐着一些看上去表情落寞的男男女女。久而久之，羊城人把此处看成是不幸人的聚会所，很多郁郁寡欢、心情不佳的人来此，各自倾诉心中的烦恼，寻找一点慰藉。可能是气氛压抑，时不时有想不开的人寻短见，跳入湖中求死。

社会上的一些善心人，为了挽救这些心灵迷失的"羔羊"，出钱在湖边搭起一座竹棚，三不五时请城中的儒师学者前来讲学，传授儒家经典，想引人向上，不再厌世弃世。可惜效果甚微，仍有人不时跳湖身亡。

下属建议市长派人守住公园，严禁闭翳人士再去那里逗留。也有人反对，认为这样会把这群人赶到别处去，要是到了郊区的荒郊野岭聚居，就怕轻生的人数更多。

市长听取各方意见，无奈且没良策，只好请各界人士有钱出钱、有力出力，共同帮助这一群体。

过了几天，寺庙里高僧来了，开坛诵经，弘扬佛法；刚进入中国，想宣传西洋教的传教士也跟着来了，在这里派传单，讲授各种教义。似乎有些作用，好几个人跟着遁入空门或入了教会，可一些迷茫的人依旧徘徊湖边。

市长在报纸上登出广告，希望有识之士能有良方彻底解决问题，必有重谢。

不久，湖边的竹棚来了一个年轻人，只带了一扇、一茶壶、一香炉、一个惊堂木。等棚前稍微聚拢些人气，年轻人就登台开讲。

一连数日，前往竹棚听讲的人越来越多。

一晃一个月过去，闭翳湖没再发生一起自杀案。市长觉得奇特，趁一日空闲，和秘书微服私访，去到湖边，正好碰到年轻人开讲，讲的恰是《水浒传》中武松醉打老虎的故事。

棚前的听众黑压压一片，听得如痴如醉。市长听了几句，也听了进去，心中称奇叫好。年轻人一张嘴居然可以发出数十种不同声音，惟妙惟肖，将武松的英勇神武和老虎的凶横霸道展现得淋漓尽致，把情节描述得高潮迭起、引人入胜，令听者如临其境、紧张入戏。

啪地一声。

"……欲知后事如何，且听下回分解。"过了一会，年轻人惊堂木一拍，香炉上的清香也刚好燃尽。故事暂告一段落，听古的听众有的扔出几个钱，有的起身离开散去。年轻人点头致谢。

"先生明天可还来？"市长吩咐秘书打赏了几块钱，朝年轻人拱拱手，问道。

"还来！"年轻人笑笑。

市长点点头，转身和秘书离开。走到暗处，市长俯首对秘书耳语道："叫人保护好此说书摊，莫让地痞流氓前来破坏。讲古佬一天天讲下去，那些听故事的人就会一天天追听下去，自然顾不上寻死寻活。"

有了市长这番话，年轻人的讲古摊人气旺盛，吸引来其他讲古佬摆摊争生意，不少小商小贩前来兜售各种零食吃食给听书的观众。

时间一长，烟火气十足，多了许多好热闹的闲人，少了那些眉头皱成苦瓜的男女。

闭翳湖的名号日渐消失，此地成了闻名羊城的讲古湖。

◀ 沉香岛
∙∙∙∙∙∙∙∙∙∙∙∙∙∙∙∙∙∙∙∙∙

　　吴隐之站在船头，看着缓缓流动的江水，心中感慨万千。数年前，刚来羊城担任刺史时，见到的是同样的风景，心境却大有不同。

　　羊城是天子南库，繁华富庶、商贸发达，一直以来都是重要的海上贸易中心和通商口岸，光是来自南洋、天竺、狮子国商船一年运来的奇珍异宝，就能堆得如小山一般高。好友们前来送行，都恭喜他得了肥差，雁过拔毛，随随便便捞点油水，不出两年，必能赚得盆满钵满。

　　吴隐之把友人的话当作玩笑，根本没放在心上。了解他的人自然了解，在当广州刺史之前，他就博涉文史，以儒雅标名，曾在谢石公手下当主簿。有一年，吴隐之的女儿准备出嫁，谢石知道吴隐之为人正直清廉，家里穷，就派人带着办喜事所需的各种物品去祝贺，顺带帮忙操办。下人去到吴家，发现门口冷冷清清，一点也没有办喜事的气氛，诧异间，看见吴家的婢女牵了一只狗出来。一问之下，才知道是想把狗拉到市上卖，卖狗的钱用来做小姐的嫁妆。谢石听知此事后，又叹又敬。

吴隐之清廉的名声日盛，朝廷就派他去羊城当刺史，希望他能改变过去岭南历任刺史皆贪污受贿、中饱私囊的定律，树立新形象。隐之领命，带着一家人轻舟简装到任。

往事一件件浮现于脑海，小船快到羊城郊区的石门。当年，他们的船曾停靠山脚歇息，吴隐之听本地人的船老大说，石门山上有一山泉，名曰"贪泉"，说人喝了此泉之水就会变得贪婪无比。

吴隐之听后摇头，对家人说："贪泉一说，纯属一派胡言。如果没有贪污的欲望，无论喝什么泉水，去到什么富庶丰饶之地，都不会改变初心，变得见钱眼开。"吴隐之还专门去到泉边，舀了几口贪泉水喝下，并赋诗一首："古人云此水，一歃怀千金。试使夷齐饮，终当不易心。"

消息传出，羊城人皆啧啧称奇，背后议论吴隐之或有神通，或有神助？方能不被贪泉蒙蔽心智。吴隐之闻言置之一笑，说："庄子曰，至人之用心若镜，不将不迎，应而不藏，故能胜物而不伤。我没有什么神通，有的只是一点道德修为，心如明镜，如实照物，不将就，不逢迎，不偏不倚，没有私心，不在乎外物，自然不会受影响。"

吴隐之上任后，果然言行一致，廉洁奉公、生活简朴，结交的朋友也多是志同道合的真君子。"君子之交淡若水，小人之交甘若醴。"他常对朋友们这般说道。

下属送金赠银，他一概不收。有人背后讽刺他装模作样，仍时不时送东西来试探他。有个部下送来一条鱼，还特别剔去鱼骨，隐之对这种媚上作风非常厌烦，严加喝斥惩罚后将下属赶出门外。

经过此事，大家才真的明白吴隐之是真廉洁，眼里连一根鱼刺都容不下。时间一长，羊城的官风慢慢好转。

船过了石门，风和日丽的天气忽然狂风大作，继而暴雨倾盆，江面刮起大浪，船不得前行，只好停下来避雨。

天有不测风云，本是常事。吴隐之却脸色凝重，把家人和随从都唤到船舱中，质问道："你们是否有人做了亏心事？拿了不该拿的东西？如果有，赶紧交出来吧。人在做天在看，这场风雨就是警告，莫要连累我们葬身鱼腹呀！"

家人面面相觑，仆人大汗淋漓，都知道吴公家风严厉，平时谁都不敢有受贿贪财之事。

雨一直下，吴隐之怒目圆睁，环视众人。过了许久，吴夫人像想起什么，忙打开衣箱，从箱底抄出一块沉香木，涨红着脸，递到丈夫面前，说："会不会是因为这块木头呢？是别人送的，我本想着一块木头，不值几个钱……"

吴隐之喝道："天下莫不以物易其性矣！小人以身殉利！快将此身外之物扔了吧。"

一块木头从舱中飞出，落到河面，沉入水中。说来也奇，木头丢掉后，风雨骤停，河面又变得风平浪静，小船又得以顺利前行。

沉香木落水之处，后被江水冲积，慢慢形成一片沙洲。羊城百姓追慕吴隐之的清廉品质，便将沙洲称为沉香岛。

◀ 二厘馆

秋官从欧洲归国，他在洋人的银行干活多年，积攒下一笔资金，打算回羊城开银号。

好友陆振山得知消息，第二天就请他去西关名茶楼陶然居喝茶叙旧。陶然居里人声鼎沸，伙计跑堂忙前忙后。茶座里，有人喝茶、看报、赏鸟、吃粥；也有人在此交谈生意，交流讯息。顾客多是城中有闲有钱的人物。

陆振山叫了满满一桌子茶点，殷勤倒茶招呼，谈及往事，两人笑逐颜开。秋官说到投资计划，陆振山却不看好，说西关银号一条街，银行银号林立，全国各地的银号都在羊城开分馆分号，竞争激烈，后来者可能难分一杯羹。

"生意各有各的做法，只好经营得当，后来居上者，大有人在。"秋官信心十足，他刚已在银号街租下店面，准备大展拳脚。

见好友意气风发，陆振山也被说得心潮澎湃，热血上头，他慷慨表示，自己也想入股，投点资金，让秋官全权负责。

"你就不怕钱财都扔进咸水海？" 秋官笑问。

陆振山答："输了全当支持朋友。不过，我知道你的理财本事，又在国外银行从业多年，想必定有过人之术。这笔生意，我一万个放心。"

秋官正要说出自己的谋划，突然听到楼下走道传来推搡叱骂的声音。伙计拦住一群穿着粗布短衣的汉子，汉子们嗓门大，叫嚷着要坐下喝茶。这几个汉子在附近挖路，天气炎热，就想来喝口茶水歇息一会。

伙计语气里带着鄙夷，说："几位爷，我们这，单一楼的茶价就得一块钱，你们掂量好了。"茶楼的规矩，楼层越高茶价越贵，陶然居更是当中的佼佼者，光喝茶不吃东西就得花一块钱。

听到这个价格，汉子们的劲头瞬间矮了下去。他们觉得脸色无光，又不愿意马上离开。为首的汉子盯着伙计，回嘴道："狗眼看人低。我是没钱，要有钱也开家茶楼，专门招呼干粗活的。"

伙计不答话，伸手做了个请出去的手势。汉子们骂骂咧咧出门，楼上的秋官赶紧下楼追了上去，拍了下汉子的肩膀，耳语一番，递给那人一张纸条。

几天后，秋官的银号开业了，他们放的第一笔贷款生意，居然给了茶楼里与伙计吵架的那个汉子。汉子有了资金，真在码头附近开了家小茶馆，专门给贩夫走卒和卖力气过活的人歇脚喝茶，茶价只收二厘，没有招牌，大家便叫茶馆为二厘馆。

秋官和陆振山去过二厘馆，喝着低劣的粗茶，陆振山心有担忧，问："把钱借给穷人，能收回来吗？"

秋官笑笑，放下茶杯，道："穷人的信用，有时比富人还可靠。"
他请喝茶的顾客帮忙宣传，让有借贷需求的人，可与之联系。消息传开，社会底层的百姓纷纷前来借贷，有妇人借钱购置织布机，有穷人借钱买部推车可以沿街叫卖云吞，名目多样。每笔数额不大，大多无抵押无保人，秋官审核过后，放出数笔贷款。

一切真如秋官所料，穷人们借的钱，大多按时归还，信用远比想象中要好。凭着其他银号看不上的业务，积少成多，秋官的银号在竞争残酷的银号街杀出了一条血路。

可惜好景不长，两年后，日本兵攻打羊城。城中百姓四处奔逃，秋官携带家人往香港避难，一番折腾，家中财物损耗大半。几年后，他再回到羊城，已不复往日光景，连喝茶也只能去有身份之人不屑去的二厘馆。

某日，他在二厘馆喝茶，给邻座的茶客认出，对方欣喜不已，赶紧表明身份。原来那人战前曾在秋官的银号借过一笔借贷，打仗失了音讯，联系不上秋官，但一直记得欠的那笔账。再次遇到，男人立马把钱都还给了秋官。秋官呆了几秒，恍惚在梦中。

局势慢慢稳定，之前借过钱的穷人都找到了秋官，大多数人都还上欠款，有些一时之间还不上的本钱的借贷人，先还了利息，还要给秋官写下欠条字据。

秋官摇头拒绝，说："你们的信用最值钱，比任何字据都有用。"

靠着穷苦大众归还的银钱，秋官又在西关重开了新银号，依旧为普通百姓提供借贷。

◀ 石围塘

明朝末年，珠江口附近的芳村有一片水域，因为常年河水汇流冲积，流沙淤泥聚合，逐渐变成一片浅滩沙洲，面积约数百亩之广。

当时此地归南海县衙管，一位财主见此地地广水丰，是改造成良田的好地方，就想占为己有。于是，他就伪造了假地契，还收买了假证人，上告官府，声称是祖宗基业，想霸占河滩。谁知，另一位财主也见财起意，同样伪造假地契，带着收买的假证人，来到官府申述，也说是祖上买下的地。两家争吵起来，都说自家才是河滩的主人，各不退让。

南海县官为了捞钱，收了两家的贿赂，一时之间很为难，不知如何判决。他便带着两位财主到了河滩边上，指着河滩问："你们两家都说是你们的地，可我看就是一处无名滩涂呀，可有其他证明？"

第一位财主说："我家的地契上说，此地名为鹤立滩。凡是白鹤能站立的浅水河滩，都是我们家的地。"

众人抬头远望，果然见到河滩上有站立的白鹤。

另一位财主忙说道："我家祖宗告诉我们，此地叫鱼游地。凡是看得见鱼儿游的浅水河滩都是我家的地产。"

大伙走进一看，浅水河滩里，确实有许多小鱼在游泳嬉戏。县官眉头紧皱，有鱼的地方自然有白鹤，因为白鹤站在河滩就是为了觅食小鱼。

两人一个说叫鹤立滩，一个说叫鱼游地，相持不下，争论不休，官司打了数年，最后都没有结果。

在他们打官司的时候，这片河滩被附近的农民开垦，种上了水稻。这里土地肥沃，产出一种特别优质的粘米。这种米米质晶莹通透，米身中间有一条隐约的红线横绑，煮出来的米饭，软香可口。

两个财主听闻后更加生气。

"没想到咱们鹤蚌相争，渔翁得利，倒让那些穷鬼捡了便宜。"第一个财主对另一个说。

另一个也咽不下气，认为县官收了他们的钱却两头不帮，让自己做了冤大头，决定要给点颜色看看。

思来想去，两人想出个一箭双雕的毒计。他们偷偷买回一些河滩产的粘米，绕过县府，直接把米呈到京城，谎称此米"紫带横腰"，是米中极品，应列为贡品。负责的大臣吃过后，大为赞赏，下令安排官员到当地考察，再做定夺。

消息从京城传来，县官和百姓既惊又怕。上交贡米根本谈不上美差，年年上贡劳民伤财不说，万一遇到灾年，粮食欠收，交不上贡米，皇帝怪罪下来，大家都得人头落地。

众人惶恐不安。

不久，京城委派的官员和两个财主来到此地勘察。一走到河滩附近，财主们都呆住了，原本的良田不知何故，全部消失，河滩处是一方方池塘。唤来县官和当地士绅询问，他们都一口咬定，这里历来都是鱼塘，并非稻田。

钦差大怒，认为两个财主无中生有，犯了欺君之罪。财主们百口莫辩，后被打入大牢，严加处罚。贡米的事情自然不了了之。

原来县官和当地百姓想了个办法，运来石头筑堤，然后引水入田，在河滩围出一口口池塘，再放些鱼儿，粮田就变成了鱼塘，石围塘也因此得名。就这样，避过上贡的差役。

朝代变迁，当地人又把鱼塘填平，变回禾田。种回稻米，可却再无法种出当年的那种粘米。有人说，是因为河水浸泡改变了土质，无法再种出佳稻。

贡米没流传下来，石围塘的名字却流传了下来。

◀ 瘦狗岭

村长阿福在村头大榕树下纳凉喝茶，和村中几个老人摆龙门阵。忽然，隔壁邻居大毛急匆匆跑来，对阿福说："大虫又下山了，叼走你家两头小猪仔，你快回去看看。"

阿福放下茶壶，撒腿往自家方向跑去。他家在瘦狗岭村的最后面，靠近山脚。瘦狗岭地处羊城东郊，是几个山头组成的小山脉，连绵起伏，形状像一只趴着的瘦狗，因此得名。最高的山峰似狗头，村落所在的山峰是狗尾，山前是平地，可开荒种田，村旁有溪流经过，是一处绝佳的风水宝地。

瘦狗岭村人延绵数代，最大的烦恼来自山上的野猪。野猪皮糙肉厚，成群结队，常在夜里下山，破坏菜园，毁坏农作物，连稻田里的庄稼也遭殃受损。最近几年，村里没有猎户上山捕杀野猪，瘦狗岭的野猪更是泛滥成灾。阿福家的几畦番薯地，被野猪啃食得乱七八糟，阿福栓条土狗守夜看地，没想第二天一瞧，土狗被野猪的獠牙顶得开膛破肚，死状惨烈。阿福是聪明人，知道不能跟野猪硬碰硬。他想了个法子，跟在南方大厦顶层动物园里看管动物的表哥商量，要来一桶虎尿，用葫芦瓢把虎尿洒到山脚各处的路口，阿福穿上虎尿浸泡过的草鞋，然后披上从戏班里借来的虎皮戏服，在山林各处游荡。

阿福菜园子附近尿骚味弥漫，路过的村人捂鼻子嫌弃。

"你们懂什么，这叫狐假虎威，老虎是野猪的天敌，野猪一闻到虎尿味，一准不敢再下山来祸害良田。"阿福得意地说。

撒了虎尿后，似乎真起了作用，没多久，狗尾山的野猪销声匿迹。不曾想，却把狗头山密林里的真老虎给引了过来。一山不容二虎，山林里的公老虎以为来了其他公老虎，领着一帮虎仔四处出没，意在宣示主权，活动范围越走越广，甚至发展到下山入村。村人的鸡鸭鹅时有丢失，估计都被老虎叼走。有好几次村人夜归，在路口见到老虎身影，吓得半死，众人不禁对阿福抱怨连连。

阿福回到家，见到鸡舍门大开、猪栏损坏，里面果然少了两只猪仔。他气得咬牙切齿，一转身出村，打算去城里军营，想找熟人借枪借人，回来剿虎。

去到八旗军营，旌旗猎猎，校场上人头涌动，正在操练。阿福站在栅栏外等门卫通报，等了半天，终于等来小队长库尔泰。库尔泰小眼珠子滴溜溜直转，听完阿福的来意。他们俩在赌坊认识，属于狗肉朋友，并无多大交情。

"平日倒没问题，可最近京城送来几尊红衣火炮，将军担心火药受潮，每隔一段时日就要放炮试火演练。军营毗邻西关居民区，西关那些富户商号向府台投诉，认为大炮扰民，要求停止试火。

副都统正为此事烦恼，在这节骨眼上，可不敢随便借枪借人予你，万一出了岔子，上边追究起来，我可就吃不完兜着走啦。"库尔泰摆起官谱，没接过阿福递来的银两。

阿福陪着笑，想多磨几句。忽听到炮声轰鸣、震耳欲聋，身子不由得缩了缩。这红衣大炮，果然厉害了得，听着炮声，阿福心中有了主意。

他向库尔泰进言，说瘦狗岭前有一荒地，空旷平整，最适合架炮，且前有山势阻拦，不怕炮弹误伤平民，建议去那里放炮。

阿福走后，副都统竟真的接受了库尔泰的建议，下令将大炮营移到那边驻守试炮。入驻当天，炮声如雷响，震得瘦狗岭村村民瑟瑟发抖、内心忐忑。只有阿福，洋洋得意，吹嘘道："这叫敲山震虎，有了炮声，老虎一准吓得无影无踪。再说，试炮最多两个月一次，偶尔为之，对我们影响不大。村边有了驻军，反而更加安全，不用再怕盗匪侵扰、邻村挑衅，一举多得。"

果不其然，炮火轰过后，村子里再没见到老虎的踪迹。

老虎没再来，军人却越来越多。将军见东郊地广人稀，便将步兵营、打靶场、骑兵营、火枪队尽数调了过来。人一多，就难以约束管辖。旗军吃饭不给钱、强抢东西、欺负民女、打伤百姓的事情时有发生。军民产生纠纷，身为村长的阿福前去交涉，争吵间被火枪打伤，抬回家后重伤不治，一命呜呼。

旗军杀了人，不但不收敛，反而变本加厉。

瘦狗岭村的居民受不了旗军的压制欺辱，纷纷搬迁躲避，半年后，人走村散，此地沦为废墟一片。

◀ 强盗烟
·······················

民国后，西洋文化和产品涌入中国，羊城街头充斥着无数西洋商品，打压国货。

一年，西洋烟草公司闯入羊城兜售西洋香烟，因纸包装外描绘有一戴礼帽的绅士，取名绅士烟。羊城人不懂，把绅士认作海上劫掠的西洋海盗，故而称其为强盗烟。

西洋烟草公司用钱买通中国官员，让西洋香烟长驱直入，迅速占领市场。香烟热卖，让西洋烟草公司赚了大钱。

尽管市面上传言，西洋公司送到中国的香烟，都是他们生产的下等货，上等货都留在本国销售；更有甚者，谣传西洋香烟内加入了罂粟壳的碎末，目的就是让吸烟者上瘾成瘾，非海盗烟不吸。可这些，都没有阻止海盗烟在羊城大行其道。

东南亚有华侨看不惯洋货横行国内市场，回国开烟草公司，推出"兄弟牌"香烟与之对垒，抢占去不少市场份额。西洋烟草公司便派人在市场上明里暗里各种中伤诋毁"兄弟牌"香烟，散播"下九流抽兄弟烟，上九流抽西洋烟，"的说法，以此打击国货，想让市民只买西洋烟。

当然，也有坚决不抽海盗烟的人士，"烟仙"陆先生就是其中一员。陆先生嗜烟如命，十来岁时就烟不离手，一天抽几十支烟稀松平常。他是市长的幕僚，专门替领导撰写公文，一写文章必吞云吐雾，边吸边思考，一根烟接一根烟，点烟都不用火柴，抽完一根，直接还亮着的烟嘴把，点燃另一支眼，抽得越多，写得越快，下笔如有神助，所以被冠以"烟仙"外号。

有人以为陆先生的微薄俸金，如此抽法，西洋洋是抽不起的。可想巴结他与市长拉上关系的人，送去一箱海盗烟，都被陆先生如数退回。

陆先生说："不少国人崇洋媚外，以西方的生活方式为傲，纷纷追捧时髦的洋玩意儿，总认为外国的月亮更圆，外国货就一定好过中国货，以为抽上海盗烟，就过上西式生活。自欺欺人，可笑可笑。长此以往，国人只知有洋货，不知有国货，国必不国，国货也将不存。"

明白他不吸外国烟的真正原因，大家纷纷佩服他的凛然大义和爱国之心。

负责管理的官员可不这般想，收了洋人的贿赂，对于洋烟的各种不当竞争和垄断，睁一只眼闭一只眼，反正越多人吸洋烟，他们就赚得越多。

时间一长，生产国产烟的烟商坐不住了。听知陆先生抵制洋烟，就登门拜访，向他请教对抗策略，指点如何打败海盗烟。

陆先生听完烟商们的来意，目光在他们脸上打转，嘴角挂着似有似无的笑意。

"想让海盗烟吃瘪，也不是没有办法。"陆先生笑道，"但我有个要求，事成之后，你们各大烟商，须每年贡献出三成利润，用作慈善之用！我们烟民费钱费肺，你们烟商赚的也非干净钱。"

烟商们思忖良久，最终应下陆先生的条件。

当时，羊城盗贼横行，警察厅最近正好抓住一帮烧杀抢掠的匪徒，判罚已下，准备择日枪决。陆先生就去跟厅长献策："古来犯人执行死刑前，都可以吃顿好的，俗称断头饭。为体现民国政府的仁道，应该也给予他们鱼肉饱餐、好酒好烟。"

警察厅长觉得在理，下令安排。陆先生从中做了手脚，枪决之人全部派送昂贵时髦的海盗烟，抽着洋烟上路。

行刑后不久，此事就传到社会上。

羊城人迷信，议论纷纷，都说海盗烟成了不祥之物，抽了海盗烟就要上刑场，是不折不扣的"打靶烟"，买不得，更抽不得。

谣言传播广远，不久海盗烟滞销，黯然退出华界。

——原文发表《潮州文艺》2024 年 2 期

◀ 巡城马

巡城马不姓马，姓牛。

巡城马非官非商，而是羊城的一个特殊职业，类似现在的邮递员。清末民初的时候，巡城马弥补了城乡之间的连接空白，官府邮差到不到的地方，多由他们解决和沟通。

牛巡城马老家在羊城外的水乡，十来岁就跟人来西关谋生打工。成年后长得人高马大，待人礼貌，口齿伶俐，做事靠谱颇有交代，也不好酒嗜赌，渐渐成为众人眼中信得过、靠得住的人。他常往来于羊城西关和周围的乡镇，一些相识的人家便托他代为传递邮件包裹。巡城马赚的就是帮人送包裹信件的脚费。一般发件人付酬的，信面上会写"力金已付"；由收件人付酬的，信面写上"到奉"二字。

牛巡城马比其他巡城马有头脑，他赚到钱，不拿去吃喝玩乐，而是送礼给西关的私塾先生，请人家教授自己读书写字。别人笑话他，就一个跑腿送信的，何必读那么多书，记得住客户交代的地址、姓名便可以。牛巡城马答说，识字多了，除了送信时不会送错地址，以后还可以帮不识字的客户读信写信，代写书信又能额外赚一笔佣金，何乐而不为呢？

包裹信件不多的时候，巡城马还会帮人代购物品，零星采购，从城里带些乡下没有的稀罕玩意回去兜售等。随着他信誉的不断提高，甚至有些客户委托他帮忙送人陪人到城里上学打工或送回乡下。

一年，巡城马接受西关一家陈姓富户的聘请，负责带那家的小姐和丫鬟回乡下的老家居住。听说那家的小姐是个新潮人物，从小在城里读的是教会学校，长大后还去了上海的女子学校读书。女学生容易接触许多新思想，大小姐跟着同学们罢课、上街游行。父亲生怕女儿误入歧途，一怒之下，勒令她休学回家，打算送回乡下闭门思过，不准再与那些异类来往，修身养性，学些女红刺绣，将来好嫁人。

接人那天，巡城马担心小姐金贵，走不得路，专门去马站租了辆小马车。到了时间，巡城马看到小姐和丫鬟已早早等在门外。

小姐身边放着一部"铁马"。铁马就是自行车，在当时是新潮玩意，在城里多是洋人和从国外回来的男人骑行。小姐叫丫鬟坐上巡城马的马车，自己脚下一蹬，踩着自行车飞奔出去。巡城马吓坏了，生怕小姐有什么闪失，急忙挥鞭跟上去。

一路上，小姐和丫鬟有说有笑，如同郊游踏青一般兴奋。巡城马在旁边瞧着，觉得陈家小姐跟别的大家闺秀完全不一样，谈的说的都是自己没听过的新鲜事，什么自由民主、科学法治，新名词听得巡城马一愣一愣，根本插不上话。

巡城马在别的乡下人面前，算是见多识广的人物，可跟陈小姐一比，就成了地与天。

"陈小姐，你懂得真多。"巡城马夸赞道，心中多了几分爱慕。

此后的日子，巡城马经常替陈小姐送书信、带东西。带的最多的是从城里书店买的书籍，有一些书用厚厚的油纸封好，书店老板嘱咐巡城马别让人发现。巡城马看不懂上门的洋文蝌蚪文，但心里清楚，那些书应该就是人家口中说到的禁书。

"这些叫进步书籍！"陈小姐曾跟巡城马解释过，跟他说过一些书中的道理。巡城马听得云里雾里，不过他觉得陈小姐喜欢的书一定不坏，所以不管禁不禁书，他都继续帮小姐带书。

可半年后，还是出事了。

官兵突击检查书店，查出禁书，顺藤摸瓜，他们把巡城马也抓了起来。严刑拷打下，巡城马都没有透露把禁书送到哪户人家。

正当众人为巡城马不值的时候，陈家小姐竟径直到官府自首，声明是自己让巡城马带书，巡城马识字不多，与此事并无关系，让他们放了巡城马。陈小姐锒铛入狱，巡城马被放了出来。陈父惊慌失措，忙变卖家产，各处跑动行贿，好不容易将女儿救了出来，并将女儿关在阁楼之上，不准她再接触外人，更不能再读那些禁书。

谁知，几天后，陈家小姐居然离家出走，不知去向。同时消失的，还有刚伤愈的巡城马。

打更人说，曾看见巡城马骑着铁马载着一位姑娘隐没在夜色中。

多年过去，有人在延安偶遇巡城马和陈小姐，都是军装打扮，精神抖擞、英姿勃发。一问之下，才知巡城马在那里当的是通讯兵，干的仍是老本行。

——发表《小说月刊》2024 年 10 月

◀ 羊城拳师

民国年间，羊城多拳师开设武馆，拳种繁多，风格各异。其中，白眉拳刚强凶猛、内外合一，被称为"杀人技"，相传为"少林五老"之一的白眉上人所创。在西关开武馆的邱师傅是白眉拳的高手。

某月初一，邱师傅带领徒弟们到城隍庙施粥赠药。邱师傅为人宅心仁厚，常有善举。省城里的乞丐孤儿闻风赶来，将城隍庙门口围得水泄不通，徒弟们忙前忙后，尽量让排队的穷人们都能领到一碗香甜软糯的药膳粥和一个馒头。

邱师傅站在台阶上巡视。忽然，他见到衣衫褴褛的人群发生骚乱，凝目望去，是几个孩童在打架。几个较高大的男孩在殴打两个身板单薄的孩子，其中一个瘦男孩嘴里大喊着："别想抢我们馒头，打死我们都不给。有种打死我。"

瘦男孩双臂被扣，拳头巴掌雨点般招呼到他脸上。瘦男孩嘴角流血，脸上仍是愤懑表情，目光坚毅。

邱师傅见瘦男孩硬气，心中欣赏，一个箭步，如闪电般蹿到孩子们身后。打人的孩子吓了一跳，忙放开瘦男孩，纷纷作鸟兽散。

邱师傅扶起遍体淤青的瘦男孩，将孩子带进庙内敷药。瘦男孩姓伍名恭，父母双亡，从家乡流浪到羊城。邱师傅动了怜悯之心，就收了伍恭为徒，在武馆里打杂帮忙。

伍恭感恩涕零，敬佩师傅为人，也喜欢上白眉拳法，日日勤加苦练，时不时缠着师兄们过招。一开始，师兄们欺负他是新人，一上来就是下马威，下手不知轻重，将其打伤。伍恭不记仇，养好伤又与师兄们练武，再被打伤打败，转头又去苦练，屡败屡战。连邱师傅见了，都夸这孩子有股"打不死"的狠劲。时间一长，师兄们对待他从看不起变成了佩服，伍恭的白眉拳法也后来居上，尽得师傅真传。

几年后的一天，邱师傅出外访友。武馆却来了一位不速之客，挑明了要踢馆。师兄弟们不甘师门受辱，纷纷上前迎战。来客拳脚如狂风骤雨，一阵紧似一阵，将伍恭在内的所有弟子都击倒在地。其他人痛苦呻吟，倒地不起，只有伍恭挣扎着站起来，挡在来客和武馆招牌之间。来客轻蔑一笑，一抬腿，伍恭倒地。谁知来客嘴角的笑意还没散去，伍恭又站了起来。来客眉毛一挑，带着些许惊讶，一拳挥出，正中伍恭腹部，伍恭疼得半跪在地上。来客想绕过他，去踢碎招牌。伍恭再次缓缓站起，伸开双臂，阻拦来客前进。来客脸色变得凝重，继续出拳，伍恭继续倒地。没一会，他又站了起来，如此再三，来客的脸色竟多了几分尊重。

"螳臂当车，这是何苦？"来客问。

伍恭哇地吐出一口鲜血，回道："想踢了武馆招牌，除非从我尸体上踩过去。打不死我，就别想过去。"

来客愣了愣，停下脚步，猛地朝伍恭抱拳致意，转身离去。

经此一战，伍恭保住武馆招牌，"打不死"也成了他的外号，响彻羊城。

几年后，伍恭艺成出师。刚想要自立门户大展拳脚，将白眉拳发扬光大，却遇到日军侵华战争全面扩大，羊城沦陷。伍恭是热血男儿，见不得日本兵耀武扬威，化身为铲奸除恶的侠客，在羊城各处击杀日本兵。

伍恭有神功，敌人有洋炮。不久，有路人见到一束枪火直射而去，正中伍恭胸部，伍恭从房顶被击落，跌入江中。当众人陷入哀思，以为伍恭遇害，没曾想，几日后在日军兵营外又见到伍恭暗杀敌军的身影。打不死之名，如定心丸般让百姓们欣喜不已。

因日本兵被杀多人，日本人对他恨之入骨。除了加强防备，还命汉奸假传消息，设了个局。伍恭不知是计，夜里潜入日军牢狱想要营救被抓的抗日志士。伍恭前脚刚闯入牢底，轰鸣声震惊整座羊城。敌人在牢狱内安放大量炸药，监牢与里面的所有人都灰飞烟灭。

日本兵得意洋洋，以为除掉伍恭，可以高枕无忧。不曾想，日本兵在羊城内遭遇暗杀的事件没有平息下去，反而有愈演愈烈之势。每次被杀的日本兵身边，都留有"打不死"的印记。

"打不死"是生是死，成了谜！打监牢被炸那天起，羊城再没人见过拳师"打不死"的真容，但羊城处处，皆有打不死之人，有打不死的民族意志。

◀ 羊城丐帮

　　清朝末年，在羊城西关盘踞着一伙乞丐。

　　乞丐头子姓陈，此人曾在北少林当过几年头陀，习过拳脚。北方灾荒，他和许多百姓沦为乞丐，流落羊城。他颇有些领袖能力，带领大家打败了当地原有的乞丐团伙，抢夺过地盘，还时常帮助一些弱小的乞丐，久而久之就树立起威望，身边聚拢不少乞丐，大家都尊他为头目。陈乞丐常驻罗汉寺内，便自称为"厅长"，下设诸多小头目，小头目分布在孔子庙、莲花庵、洪圣庙等各个寺庙。罗汉寺曾是关帝厅旧址，故羊城人称这伙乞丐为"关帝厅人马"。

　　关帝厅的乞丐和别的乞丐团伙不同，他们分工明确，各有各的乞讨地盘划分。帮中还成立培训乞丐乞讨的机构，专门教授新乞丐如何行乞卖惨，比如安排老丐搭配童丐，扮成祖孙受难，或上演孤儿寡母流落街头的戏码；要不就找些肉片，让其腐烂生蛆，再贴到大腿处佯作脓肿溃疡，装成生病残疾博取更多同情；有的剃成光头，扮成化缘僧人，有的穿上道袍，卖符乞钱；乞讨回来的饭菜吃不完，会拿去喂鸡喂鸭，再售卖鸡鸭获利。

遇到百姓家中有红白喜事，白事，会派出人马去抬棺肩舆、撑幡打伞，吃喝一番，得些红包利钱；红事，必先送一笔叫"碧陈"的礼钱到关帝厅，讨回一张木板刻印的黄色纸条，上有乞丐头子的标识，贴在门口便可相安无事。如没有交钱，就会派出群丐上门滋扰，令人晦气。甚至发展到乡间械斗，壮丁不足的乡里都会出钱请丐帮中身强力壮的男丐壮大声势，充当打手。

上报官府也无作用，官府中人得了乞丐头子上供银两。又因为有丐头管理约束乞丐，能维持市面稳定，多在背后撑腰，睁一只眼闭一只眼，坐收渔人之利。

西关有位富商，财大气粗，又结交了一些官场人物，自视甚高。自己做大寿的时候，不把丐头放在眼里，没有上缴礼钱。丐头得知后，领着一千多乞丐，浩浩荡荡来到富翁家门前，将路口围得水泄不通，令祝寿的人无法出入。再命乞丐随意吐痰，大小二便，弄得乌烟瘴气。富翁不堪其扰，最后失了面子，只好乖乖掏钱，赔罪了事。经此一事，羊城人更不敢不上缴"碧陈"。

地痞讹钱，靠的是武力，有本事的可以将其击退；乞丐讹钱，耍的是无赖，不能骂不能打，万一有个闪失，死在你门前，还得替他们收尸。

故此，羊城人对丐帮的印象多不佳。

一年，羊城爆发起义，革命军攻打衙门，与清军激战，不幸牺牲数十人。清军为警惩民众、杀鸡儆猴，故意暴尸荒野，将遗体抛在大东门外的荒地处，还不准人前去收殓安葬。一旦有人胆敢收尸，被抓到将以同犯论处。

有位富商敬佩烈士义举，暗中匿名发出悬赏，只要有人能帮助收殓安葬烈士遗体，定有重酬。可悬赏多日，没人愿意冒着杀头的危险去赚这笔钱。富商不得不加重酬金。

又过了数日，遗骸被人悄悄收走，葬在市郊的山岗上。坊间传言，收尸的正是关帝厅的乞丐。

有人语气中带着嘲讽，说乞丐们要钱不要命。可直到革命胜利，民国建立，富商都没有等到丐帮中人前去领取或讨要收尸的酬劳。

俗语道，仗义每多屠狗辈，负心多是读书人。此事过后，羊城人对这帮乞丐又有不同的看法，认为丐帮中人也有义丐。

◀ 桥王
· · · · · · · · · · · ·

　　羊城人把想计策称为"度桥"，"度"是思考，"桥"是桥段的意思，足智多谋点子多的人自然是"桥王"。

　　民国年间，《羊城商报》的主笔罗广生就被封为"桥王"。《羊城商报》是羊城第一份经济类报纸，商人团体最爱关注的报纸。罗广生为人博学多才、聪慧过人，笔下文章更是花团锦簇、字字珠玑。商家老板们佩服他的才学和点子，遇到难题，常向他请教，请他出谋划策。

　　一次，有外地老板进军羊城，准备大展拳脚，一时心急，没多研究就买下临街店面，开业后却生意寥寥，客人多过而不入，目光里似乎有深意。老板不解，一番打听后，方得知买下的店面曾是凶宅，前一个在此租住的老板生意失败，在店内上吊自尽，导致店铺空置多年。卖家买通中人，故意隐瞒，以略低于市场价的价格出售。外地老板本以为捡个便宜，没想到捡了晦气，合同白纸黑字签订，钱银两清，就算打官司上告，也难退租退钱。

第
一
辑

奇
人
旧
事
·

077

外地老板心急上火，在陶陶居摆下酒席宴请罗广生，请罗广生指点迷津。两瓶美酒下肚，罗广生附在老板耳边笑语数言。

外地老板的商铺关门几日后，重新开业。

装修一新的店门外摆明鲜花贺牌，老板用高薪从粤剧团请来两位演员，分别扮成钟馗和李逵二人，手持宝剑斧头，豹头环眼，铁面虬鬓，站立在店门两旁。一下引来路人围观，老板出来拱手邀请顾客入内选购，声明凡购买商品十元起，可让钟馗和李逵表演；花费百元者，还有礼炮礼物相送。一时间，入店选购者络绎不绝，时而李逵翻跟斗，时而钟馗唱戏，时而掌声喝彩声雷动，时而鞭炮声响起，热闹喜庆。第二日，门外演员扮相又换成关羽和张飞，换上了大刀和长矛；第三日，则是秦琼和尉迟恭，手持金锏和钢鞭……一连表演七日，店内外从早到晚都挤满了人，宣传效果极佳，大多数羊城人都知道了这家新开的商店，生意日隆。至于死人晦气一说，有门神偶像站台镇场，人气爆棚，邪不压正，阴秽早被冲淡，死宅成了旺铺。

商家在报纸上刊登广告，是报社的一项重要收入。《羊城商报》日出八版，其中广告版面就占了二分之一。罗广生设计的广告与众不同，不比寻常小报，格调颇高，常有出奇出新的点子。

潮州药厂想来省城开设分店，为打开局面，决定在《羊城商报》刊登广告宣传。

罗广生安排下属空出头版，推出广告，整版整页没有任何图片和商标，只刊登了七个黑体大字"潮州飞来活仙公"。这版广告令读者一头雾水。第二天，又在同样的位置登出了另外七个字

"止痛不用五分钟"，读者同样云里雾里。直到第三天，才正式刊登潮州药厂的详细广告，推广他们新研发的"活仙公"牌止疼药。活仙公药厂的药店未登陆羊城，就因此广告而街知巷闻，等到正式开业那天，消费者蜂拥而至，"活仙公"牌止疼药一炮而红。

"活仙公"牌止疼药并非夸大广告，药厂请海外医学博士研发，功效显著，除了风行羊城，还远销东南亚各地。生意好，便引来模仿者。香港一药店见有利可图，便仿制同类型的止疼药，连品牌和包装都刻意模仿，起名叫"活仙师"。

"活仙师"止疼药上市后，药效没有"活仙公"牌止疼药好，但造成混淆，让顾客误认为活仙公卖假药，带来不良影响。

那年代没有版权保护一说，活仙公药厂生怕影响口碑和销量，请罗广生撰写文章予以澄清和抨击仿冒者。

不久，《羊城商报》登出怪异广告，为一则谜语，一版刊七个黑色大字"一二三四五六七"，配以七个神仙过海的图案；二版刊登"忠孝仁爱礼义廉"七字，配孔夫子画像，请读者猜谜。报纸上虽没刊出谜底，很多读者却早早猜出，上联八仙过海少了个"八"，是为"忘八"；下联少了个"耻"字，是为"无耻"。八仙为仙，孔夫子为师，合起来就是"仙师王八无耻！"用来暗讽"活仙师"止疼药仿制侵权无耻可恶，是冒牌货。

广告一连刊登七日，引起热议，消息传至香港、澳门等地。生产"活仙师"的药厂自知理亏，加上被人识破，再无利可图，只能偃旗息鼓，"活仙师"止疼药从此销声匿迹。

一支笔，两行字，便替商家击退仿制者，罗广生坐实"桥王"的美名。

◀ 斗鸟
....

　　羊城素有斗鸟之习。

　　古时，西关有专门斗鸟的茶楼，茶楼多设在二楼，大厅正中是一张八仙桌，旁边一圈围桌。茶客们来喝茶只坐旁边的围桌，围桌旁立有木架，方便高挂鸟笼，八仙桌空着不坐人，是留着斗鸟的舞台。每天早晨，城里爱斗鸟的人们各自捧着、提着鸟笼来喝茶，富商们乘轿而来，还会给爱鸟另雇一顶轿子。鸟笼外用黑布笼衣遮挡，黑布是防止鸟儿在路上遇到惊吓，上了茶楼坐定方打开笼衣，让人观鸟。

　　斗鸟分文斗、武斗。

　　文斗观鸟的外形，听鸟的声音，把两个鸟笼提到八仙桌上，任凭食客们点评，互相比较两鸟的声色。鸟遇对手，好胜心起，叫唤得格外卖力比鸣，一只鸣翠柳，一只闹春天，时而高亢，时而清亮，时而喧闹，时而欢快，时而嘹亮，时而机灵，一直斗到一方鸣叫声渐低，最后停止安静，方分出胜负。

武斗则为肉体相搏。店家有专门的大斗笼，是一般鸟笼的三倍，中间无隔篱，两只鸟分别放入后，任由它们厮咬啄抓，直斗到一方败下阵，或头破血流丧命为止。武斗常伴有彩头，店家当庄，茶客们可跟着下注博彩，斗赢的鸟主能获得一笔不小的奖金。

画眉鸟好胜，有善模仿同类或其他鸟类鸣唱的好嗓门，也有争强好胜爱打斗的个性，斗鸟的行家多驯养画眉。

民国年间，羊城人都知道养斗鸟最多的人是在西关做玉石生意的付老板，他家中设有鸟房，有专人负责驯养斗鸟。城中斗鸟大会，年年都是付老板的鸟儿夺得武斗鸟王。

文斗鸟王则多被在邓氏书院教书的私塾邓先生的鸟儿荣膺。邓先生只养三两只鸟儿，悉心打理，从不参加武斗。

邓先生为人心善，待人和蔼，斗鸟时如发现对方鸟儿有体力不支的情况，便会叫停比赛，不让继续赛下去，生怕对手的鸟儿受挫，自此萎靡不振，终身不再鸣叫，成了废鸟。付老板则相反，为人嚣张跋扈、恃财傲物，得势时尽逞威风，驯养出来的斗鸟也跟他同一脾性，下手毒辣，常把对手的鸟儿啄到脑浆四溅，场面血腥残酷。为保持鸟儿的斗性，付老板购买大量生头鸟于家中给自家鸟王当练靶鸟。生头鸟为刚捕获的山鸟，没经过驯化打斗练习，自然不是鸟王对手，成了活生生的靶子，死伤无数。

付老板心中多不爽快，可自家养的鸟儿无论如何学鸣，都无法战胜邓先生。他便常在茶楼上挑衅邓先生，要跟他斗武鸟。

邓先生没答应，付老板多方施压，甚至扬言，如不比试，邓先生以后就不能来茶楼遛鸟，甚至可能连书都教不下去。

经不住付老板威逼硬泡，邓先生叹口气，答应了要求，请付老板给三个月时间挑鸟训鸟。

合格的斗鸟，至少得驯养三年方能下场比试。邓先生竟说只需三个月，付老板闻言点头同意，生怕对方反悔，笑嘻嘻等着看邓先生出糗。

三个月期至，邓先生没食言，拎着鸟笼准时赴约。茶楼上挤满了看热闹的茶客。

双方掀开幕布，付老板的鸟王英勇凶横，鸟性十足，反观邓先生的斗鸟身形气势都略输一筹。邓先生却不卑不亢，开始前又拎上另一鸟笼，拉起黑布，听到鸟声清脆，里面圈着的正是他之前赢过无数比赛的那只文鸟王。

"武斗需彩头，如果付老板的鸟王赢了，这文鸟王便归你。"邓先生说。

付老板涨红了脸，如喝醉酒一般，心中乐不可支，当下也爽快表示，愿出一百大洋为彩金。

围观者皆鼓噪激动。

两鸟放入斗笼中，初时邓先生的鸟被啄得羽毛乱飞，四下闪躲，在桌上旁观的文鸟王竟跟着战况鸣叫起来，情况发生逆转，鸟儿叫得越快，如同加油曲，邓先生的斗鸟斗志就越昂扬，越战越勇，最后一击，啄瞎武鸟王的眼睛。

付老板落败，邓先生成了唱斗俱佳的双冠鸟王。

付老板恼羞成怒，拦住邓先生逼问训鸟秘诀。邓先生无奈，临走前相告："鸟性亦通人性。我这只雄斗鸟，除了训练斗技，三个月都和我这只雌性鸟王呆在同一笼中，日久生情，为搏红颜一笑，自然拼劲全力。"

付老板听罢，愣坐无语。邓先生的话，让他想起一桩旧事。

三年前，付老板那恶贯满盈的独生子看上某户穷人家的老婆，想强取豪夺。穷人不屈于淫威和钱财，兔子逼急也咬人，拼命与之争夺，打斗间，那户原本老实巴交的男人操起家中利斧劈死付家恶仆，付少爷脑门中了一刀，医治好后成了废人，终年卧床。

——发表于《小说月刊》2024 年 10 月

◀ 芳村茶市

清朝中晚期，羊城一口通商，成为大清帝国对外的唯一通商口岸。全国各地的货物云集羊城，通过此地中转到海外。

芳村地处羊城西侧，有白鹅潭，三江汇聚，方便驳船出入，装货卸货，沿河两岸布满行商的仓库。不少茶商看重此风水宝地，自发汇集成茶市，至民国年间，茶市有茶行数百家之众，有近千余个品种，浙江龙井、福建铁观音、黄山毛尖、武夷山岩茶、崂山绿茶、六安瓜片、云南普洱、滇红、杭州菊花、潮州凤凰单枞、四川藏茶、台湾高山茶等，应有尽有。

生意各有各的做法，正所谓一鸡死一鸡鸣，茶市上的商铺总开了关，关了门的铺又开新的店。

这年，芳村茶市来了个 20 岁出头的年轻老板，名一鸣，自称云南人士，口音听上去却偏向两广。他解释自小在香港长大，刚从国外读书回来经商创业，不懂家乡方言也是常事。他一出场，就重金招徕伙计，再租下茶市入口第一排最大的两家店面，将两间店铺打通，合二为一，再重新装潢，店内陈设货架、桌椅皆为缅甸红木，贵重大气，茶叶店为"旺裕号"。同行见他出手阔绰，猜测他可能为商二代或官二代，一鸣不直接承认，只回应祖上世代为茶商。众人听后更觉他高深莫测。

没几日，货架上摆放上了普洱茶饼茶砖，包装精美，价格更令人咂舌。当时一般的普洱茶一斤多为百元，极品者最多达千元。而一鸣老板的一个普洱茶饼，最低档标价都要 2000 元。"旺裕号"宣传普洱茶原材料皆采自云南茶区的名山古树，按制作工艺和年份分档次，每个批次都有限额，少而精。他们在包装上下了功夫，将茶饼茶砖放入特制的铁皮盒，上面的盖子带有茶号签章的封条，每个封条都有个编号，代表此批茶的数量，最多不过千饼。

顾客们看了无一人购买，说从芳村有茶市开始，就没见过定价这么贵的茶叶。

一鸣解释贵有贵的道理，原料好，名师制。他还搬出国外诸多例子，西洋人的皮包、钟表也非稀罕物，但能卖出天价，因为是名牌。他扬言，要打造出茶叶中的"贵族"、国货中的名牌，远销到国外。

茶行行家们都等着看一鸣的笑话。

一个月后，却让这帮行内人直呼打眼了。不但听说"旺裕号"那批茶饼一售而空，在茶市上，还不断有人放出风声，要加价收购"旺裕号"的茶饼，一个茶饼至少加价 200 元，如果手上有货，一转手就能赚钱。有利可图，真有人暗中收罗"旺裕号"的茶饼，一买一卖，真赚了点钱。于是乎，茶市暗潮涌动。

过了几日，连"旺裕号"的店面都直接挂出广告，宣称加价500元回购茶饼。消息传出，业内轰动。

一鸣出来解释，有茶商向其寻购茶饼，可他自己也没有存货。茶饼限量，茶叶又是消耗品，只会越喝越少，所以加价回购，合情合理。

一番物以稀为贵的道理，众人信服。有货的商家将茶饼送回"旺裕号"，果然如愿售出。卖出茶饼的人没高兴一夜，第二天，"旺裕号"门前的告示牌又变了，回购价居然上涨至600元。第三日，价格变成700元，第四日、第五日……依日递增。

有人后悔没买到"旺裕号"的茶饼，也有人后悔卖出的早了，少赚不少。

又过一月，"旺裕号"发售新一批次的茶饼，每饼茶要价5000元，一鸣老板甚至放话，要是茶饼没升值，三个月后"旺裕号"原价回购此批茶饼。这一回，没有人嫌贵，再说还有"旺裕号"保底回购，购买者踏破门槛，新批号的茶饼秒罄。果然如一鸣所料，此后茶饼价格一路涨价，每半月，早已翻了两倍。

"旺裕号"的茶饼成了炙手可热的"金茶饼"，很多行家都想购买炒卖"旺裕号"的茶饼。

一鸣不着急赚钱，说好货不怕晚。半年后，第三批次的茶饼才姗姗上市，价格更是创下新高，此批次只产一万饼，每饼价格2万。

这价格，茶叶都赶上黄金了。可高昂的价格病没有减弱炒卖者的热情，三天后，该批次的茶饼同样售罄。

茶商们囤着价格不菲的茶饼，等着升价转卖，或等着"旺裕号"加价回购。一连等了多日，众人发现异常，这一次市场上再没有暗中收购茶饼的消息，"旺裕号"则关门休息，没有任何动静。

心急的人踹开"旺裕号"的大门，发现人去楼空。茶商们找不到一鸣，聚到一处商议，才明白是中了奸商圈套，此批新茶的数量根本不是限量发售，可能有数万之多。所谓的贵族茶也只是不值钱的劣质茶，众人直呼上当，怪自己贪心。

◀ 大蓉细蓉

羊城人爱吃，美食众多。当中，最出名的面食，当属云吞面。

云吞面又名芙蓉面，2个面饼加8颗云吞。面为碱水面条，云吞皮薄，状如金鱼。云吞入水煮熟，如金鱼摆尾，漂浮在沸腾的汤水上，又像一朵朵盛开的水中芙蓉，因此得名。

在码头等劳动力聚集的地方，常开有云吞面店。云吞面经济实惠、方便快捷、有肉有面，有油水也能饱腹，深受劳苦大众的喜爱。

这日，码头边的云吞面馆走进一对兄弟，十来岁模样，两人相差几岁，高大粗壮的是哥哥周大，矮小瘦弱的是弟弟周二。两兄弟自幼父母双亡，相依为命，在码头扛麻袋做苦力为生。兄弟俩为了省钱，跟老板说饭量小，只要了一碗云吞面和一只空碗。云吞面上来，周大拿起勺子，把云吞面里的8颗云吞尽数勺到空碗中，再倒出些汤水，就成了一碗净面和一碗云吞。哥哥把云吞推到弟弟面前，嘱咐趁热吃。弟弟没动口，反而把面和云吞的碗对调了下，把云吞移到哥哥面前。

哥哥说："你正是长身体的时候，得多吃肉。"

弟弟说："你下午得扛沙袋，吃肉耐饥。"

哥哥说："我吃面一样饱肚。"

弟弟说："我爱吃面。"

两人推来让去，碗里的面都快成了面坨坨。坐在隔壁桌的食客看不下去，出言道："这还不简单。这碗夹一半面过去，那碗勺4个云吞过来，不就平均分配了，谁也不用争让。"

两兄弟一听有道理，就依言分配，一人得了半碗云吞面。

面店老板将这幕看在眼中，心中多了点启发。第二天，面店招牌上多了一项选择，云吞面分成大小碗，小碗的份量是原来的一半，即1个面饼加4颗云吞。店家管大碗叫大芙蓉面，小碗叫细芙蓉面。顾客们图省事，以大蓉细蓉省略之。久而久之，大蓉细蓉便成了大小碗的代号。也有人叫大用和细用，取其粤语谐音，大用者，干体力活的汉子吃得多；细用者，给饭量小的老人、女人、孩子吃。

此份量煮法渐渐推广开去，成了行规，每家云吞面都有这样的配置。有些店家还进行改良，以鸡蛋液和面再擀成云吞皮，皮更薄口感更加，用肉末、虾仁以及韭黄切粒拌成馅料，取代粗肉，汤底用大地鱼和虾籽熬制，替换掉白水汤，做出来的云吞皮滑馅鲜汤美，价格上去，档次也跟着上去，细蓉摇身一变，成了西关小姐和东山少爷们爱吃的高档小吃和夜宵。

再说回那吃云吞面的两兄弟。

两人后入面馆打工，拜师学艺，成年后用积攒下来的钱财，合力在码头附近开了家兄弟面馆，专卖云吞面。兄弟齐心，其利断金，兄弟面馆的生意蒸蒸日上，规模越开越大。

没几年，哥哥周大取了门媳妇。弟弟周二仍跟哥嫂住一块，日子一久，嫂子颇有意见，便提出分家的话题。

入夜，店铺关门，兄弟俩坐在一起盘点账目，商量如何分配家产。嫂子在后厨收拾，听兄弟俩互相谦让，半天都算不清，嫂子就端了两碗云吞面上来，一大一小，小的放在叔叔面前，大的推到丈夫跟前。周大一愣，平日做夜宵都是两碗大蓉，为何今日不同？妻子解释今天生意好，厨房里就只剩下这些材料，不够做两碗大的，大的吃大碗，小的吃小碗便是。

周大脸色一沉，明白妻子在含沙射影。

周二不生气，显得十分痛快，大方表示一切都听哥嫂安排，毫无怨言，移过小碗就要吃起来。

周大连忙止住，拿起勺子筷子，从大碗里勺了 2 颗云吞，夹了一些面条到小碗中，对妻子说道："这样不就平均了？"

嫂子冷着脸不搭话。

周二脑子灵，转身去厨房取来一副碗筷，又从大小两碗云吞面中各勺了 2 颗云吞，夹了些面条，倒点汤，凑成了第三碗。

周二说："嫂子辛苦一天，也得吃碗夜宵。瞧，这不正好，一大一小分成三份，不多不少。"

嫂子笑了笑，心里痛快了，见小叔如此明白事理，便不再说些什么。三人吭哧吭哧吃起云吞面来，痛快淋漓。

几天后，兄弟俩分家完毕，没有任何纠葛争吵，家庭和睦。

旧面馆归哥哥所有，弟弟分了点钱，没在旁边争生意，反而跑去羊城西关的富商高官聚居区开了一家新的云吞面馆，专走高档路线，和哥哥的平民路线有所区别，生意照样红火。

兄弟俩的面馆后来都成了羊城的知名老字号。羊城人不叫他们招牌上的名字大周面馆和细周面馆，倒喜欢叫他们大用面馆和细用面馆。

——发表于《小小说月刊》2024年11月

◀ 咸酸

　　岭南多瓜果，加之气候湿热，瓜果存储不当，很容易腐烂坏掉。于是，心灵手巧的顺德人便用米醋、盐、糖等佐料来腌制，延长蔬果的存储期，增加不同的风味，这一类腌制蔬果便称为咸酸，也叫酸嘢。

　　咸酸品种繁多，很多蔬果都可以制作咸酸。萝卜、芥菜、青瓜、木瓜、杨桃、包菜、辣椒、佛手瓜、莲藕、蒜头、豆角、芒果、李子等，不同的时令有不同的咸酸食材。以前卖咸酸的小贩，多挑着小担走街串巷，沿街吆喝，想买咸酸的人家会拿着碗让其停下来，挑选自己喜欢的咸酸买回家，当小吃或作为菜肴的佐料。

　　民国年间，容桂美食街上开有咸酸店，店主是个寡妇，四十多岁，风韵犹存，被人唤作"咸酸西施"。小店店面不大，店内三面墙壁和门口都摆着架子，架子上是一排排的透明玻璃瓶，瓶子里装着腌泡好的咸酸，汁水饱满，透着各种色彩，有红有绿，有青有紫，煞是好看。路过的行人，或是附近放学的孩童，买上一块钱，就能得到一长串竹签串起的咸酸，边走边吃，生津止渴、开胃解馋。

咸酸店虽是小本生意，只能勉强维持寡妇母女的生计。

春夏是咸酸热卖的季节，一到了秋冬，咸酸店的生意就一落千丈。

这年，寡妇的女儿被上海的师范学校录取，母女俩囊中羞涩，为去上海的车费和生活费发愁。邻居们得知后，都纷纷献上爱心，来咸酸店购买咸酸支持。开在咸酸店隔壁的云吞面店老板阿耀最大方，一口气便跟咸酸店定下一年的酸萝卜片，提前支付了货款，解了"咸酸西施"的燃眉之急。

听知阿耀的举动，妻子有点不快，明知道丈夫帮人，可一下子定那么多酸萝卜，自家根本无法消化。妻子询问阿耀怎么办？

阿耀说，自己是卖面的，当然不可能再转卖咸酸来赚钱，为不影响别人生意，只定了一样咸酸。阿耀把酸萝卜片装在小罐中，摆在桌上，供吃面的食客免费自取。而且遇到有顾客夸赞咸酸萝卜片，阿耀还会热情推荐，让顾客过后去隔壁咸酸店购买其他品种品尝。

顾客们说笑，说阿耀是看上了隔壁的"咸酸西施"，才如此卖力宣传。阿耀妻子听后脸色愈发难看，她抱怨丈夫不该免费提供酸萝卜片，只亏不赚。

"左邻右舍，能帮一点是一点。"阿耀笑着说。

谁知半年过去，夫妻俩一盘点，发现店内的盈利不降反升，比去年同期好上许多。妻子大感意外。

阿耀猜测，或许都是咸酸萝卜的功劳。

妻子不解。

阿耀解释："据我观察，咸酸有开胃消食之功效。顾客吃面前等待时，闲着没事，会吃上一两块桌上摆放着的酸萝卜片，吃得越多越开胃，饭量上来，可能会再叫上一碗面。吃完面后，再吃上一两片酸萝卜，又可以清新口气，促进消化。有了这两样，自然而来，顾客来咱家面店便勤得多了。"

　　妻子一想，似乎真是这个道理。没想到，丈夫的爱心之举，竟间接提升自家生意，直夸丈夫聪明。阿耀则谦虚表示，是"咸酸西施"的咸酸做得美味，相辅相成，互相成就。从此，妻子便不再阻止阿耀向咸酸店定购酸萝卜片。其他面店闻知阿耀的促销手段，也学着跟"咸酸西施"订购咸酸，免费提供给食客们。

　　"咸酸西施"的女儿在上海读了三年书，云吞面店就定了三年。等到第四年，"咸酸西施"的女儿毕业，在上海找到了一份教书的工作。"咸酸西施"便打算把咸酸店结业，过去上海陪伴女儿。

　　临离开的前一天，"咸酸西施"带着女儿去到云吞面店，告知去向并感谢阿耀夫妻俩多年的照顾，顺道把腌制咸酸萝卜片的秘方教给了阿耀妻子。

　　食客们吃惯了免费的咸酸萝卜片，如少了这一味，怕影响生意。阿耀妻子便照着"咸酸西施"教的方法，自己腌制咸酸萝卜，做出来的味道果然和"咸酸西施"一模一样。失去"咸酸西施"供应咸酸的面店，生意多多少少受到波折。为了拉拢顾客，许多面店不得已，只好增加腌制咸酸的工序。

　　此后，广府地区的咸酸店没落，但云吞面店提供免费咸酸萝卜，成了标配。

◀ 爱仁善堂

商人经商赚到钱，有一部分人就会想着回馈社会，一来行善积德，二来扩大自身的社会影响力，赢取好名声。

羊城商人们向来乐善好施，为中外所敬仰。在羊城各地，建有许多善堂义庄，其中规模最大，影响最广的要属药行行会建立的爱仁善堂。爱仁善堂由羊城最大的 10 余家药行发起，设有育儿堂收容孤儿、方便医院收容病重垂危者，另有收殓异乡病亡的义庄，常有看病、施药、救灾、急赈、赠棺、布粥、送衣、打捞浮尸等善举，深受羊城百姓赞誉。

维持善堂运作的费用，小部分来自社会爱心人士的捐赠，大部分由药行行商们集资。一开始，商人们事务繁忙，不愿意插手善堂的日常管理，从中划出资金聘请爱心长者负责管理。

第一位管理者曾是私塾教书先生，老成持重，脾气好，乐于奉献，也任劳任怨，可爱心泛滥，是不折不扣的老好人，不懂得拒绝，只要有人求助，不管真假，都慷慨相助，有求必应。有些工匠、杂仆见老先生好糊弄，就虚报名目骗取费用，两个月下来，爱仁善堂的资金就捉襟见肘。商人们大感意外，一看账目，发现竟成了一盘糊涂账，很多账目支出不清不楚。再这样消耗下去，不出半月，爱仁善堂就得关门。

商人们只好另请高明。第二位管理者是从银行会馆挖来的人才，薪水是老教书匠的三倍，当过银号的账房先生，为人精明，做事干练，一上任就换掉一批下属，同时降低了杂工们的工资，严格管理，每笔出账都要详细记录审批。到了月底，药行东家们一看账目，虽然笔笔有据、账账清晰，可善堂里的普通工人却怨声载道，好多人在东家跟前诉苦，要辞职不干，另谋去处。行商们世代经商，个个都是久经商场的老狐狸，很快就察觉出异常，既然账目无误，管理者又懂得节流缩员，为什么本可以用一个月的善款，每半个月就被花光，其中定有猫腻。

药行行商会首李老板仔细研究过账目，终于给他看出门道。新管事精于数目，居然弄了真假两套账本，假账本给东家们过目，真账本才真实记录钱银的去向。不查不知道，一查吓一跳，管事重新聘请的杂工都跟他有亲属关系，连给善堂送菜送肉的人，都必须让管事吃回扣，那些人为了回本，不得不报高价格。羊毛出在羊身上，白花花的银子入了管事的口袋，善堂就出现亏空。

李老板当着众人的面，呵斥管事："连善款你都要贪，良心喂了狗吗？"

"你们当是善事，我当作生意，干活就为了挣钱，人不为己天诛地灭。"管事不以为然。

李老板火冒三丈，命人将管事扭送官府法办。他对众老板说："那人说得也不全错，善堂一事，确实得当成生意来做，不过得我们自己操盘。"

李老板召开会议，要求以后管理以轮值模式进行，每三个月换一位药行老板打理，管事不领工资，不报销车马费，其他老板则行监督职权，发现问题可以及时指出。

为作表率，头期轮值，李老板首先担当。李老板盘清账目，把每月多余出来的钱用来购买市郊的田地，还将小部分流动资金贷款给其他小商贩，赚取利息。这样一来，贷款的利息和田地的租金就足够支付日常开支。李老板规定，善堂添置任何物品，大到设备，小到婴儿服装，都得经过善堂理事会审批。连育儿堂聘请奶妈这等小事，都要求奶妈必须身体健康、年轻力壮，且家贫者优先，日久无乳者须马上辞退另雇，不能任人唯亲、感情用事。如果没有照办，值月的行商会被追罚银两。

干不好罚钱，干得好却只得口头赞扬。个别行商不禁有微词，背后埋怨。李老板的儿子不理解父亲的行为，抱怨父亲过于认真。

李老板正好在看工人们在搬药材入库，随手抓起袋子里的一把药材，对儿子说："这味中药，味苦性平，入口时微苦，服用后却能止咳平喘，有利于人。做生意，做善事，跟用药一样，甜而无益、重而有害，都不能称为好药。"

爱仁善堂在李老板的规范下，维持良好运作，其惠泽甚至超出羊城，遍及全省。

◀ 默契
....

　　当周先生的妻子给他送饭到报馆时，众人的目光除了集聚到第一次露脸的周太太身上，也投射到她送来的饭菜上。周先生才华出众，年纪轻轻就当上了副主编，与同事们关系都处得很好。周太太看上去比周先生年轻几岁，要不是周先生主动介绍，其他人极可能误会是上门给报社投稿的女大学生。

　　周先生说他们在乡下认识，已结婚多年，负责在家料理家务。第一次送午饭来，周太太腼腆地打开装着饭盒的竹篮，香气一下子散发出来。坐旁边的同事好奇地探头窥探，见饭菜最上面有几条炸泥鳅。同事不禁问道："你昨天和我们吃饭，不是说不喜欢吃泥鳅吗？不喜欢那股子泥腥味，一口都没动，怎么嫂子不知道你的口味吗？"

　　周先生和周太太对视一眼，周先生反应快，立马接话道："你嫂子这种做法我爱吃，炸得酥脆，把泥腥味掩盖掉了，香！"

　　周太太脸色闪过尴尬的微笑，解释说："都怪我，去市场晚了，没有其他鱼卖，又着急煮饭，就随便买了泥鳅，忘了这茬。"

"没事没事，太太做的泥鳅好吃，我爱吃。"说着，周先生埋头吃起饭，第一时间就把碗里的几条炸泥鳅吃得一干二净。

周太太坐门口的椅子上等丈夫吃完饭，好拿篮子回家。热情的女同事把一盘洗好的李子递到周太太前面，请她品尝。

周太太谢过，婉拒道："你们吃，我怕酸。"

女同事诧异，随口问："你别客气呀，我听周大哥说，你们全家都爱吃李子呀，我刚好买了点，你尝尝。"

周太太一愣，她从小就怕酸，抬头看了眼，只好假装盛情难却，挑了颗最小的李子放入口中，那股子酸爽劲差点把她的牙都酸掉，她尽力控制脸上的表情，才不至于失态，让人看出端倪。

过了一会，周先生吃过饭，那张压在碟子下面的纸条也转移到了他的手中。经过周先生的一番巧思妙笔，那份重要的情报就被分解成特殊的密码发布在当天的晚报副刊上，向潜伏的革命同志及时传递了消息。

回到家里，周先生见到太太在灯下奋笔疾书，便问她在写啥？

"我把我的饮食喜好写下来，等下你也写你的，我们都背下来。"周太太说，"以后可不能再发生类似的尴尬，露出破绽。"

周先生想想，点头称是。

他们两人其实是革命同志，奉命假扮夫妻潜伏在羊城，进行秘密斗争。为了更好地配合，他们互相熟记彼此的喜好习惯，磨合好各种细节。他们合作无间，生活上互相照顾，默契度越来越好，不是夫妻胜似夫妻，顺利完成组织指派的各项任务。

然而，革命之路注定遍布风雨。

在羊城起义的前几天，周先生参加工人的游行示威，为保护工人，他竟被恼羞成怒的军警给抓进了监狱。

当时敌人仍未弄清周先生的真实身份，只认为他是一名多管闲事的记者。为营救周先生，周太太以妻子身份前去送饭探望。一个黑色的饭盒经过狱卒的反复检查后，确认没有问题，才被送到了周先生手里。

周先生打开一瞧，不禁犯难，饭菜里有许多红彤彤的辣椒，连饭都是下了辣椒粉的炒饭。周先生回想，与"妻子"朝夕相处，她不可能忘记自己不能吃辣的饮食禁忌，送"辣椒饭"定有深意！于是不再犹豫，大口大口吃起来。

周先生被毒打受伤，狱中环境恶劣，喝不到足够的水，再加上羊城的气候闷热湿毒，吃过辛辣的饭菜后，当天晚上就开始发烧。高烧不退，狱卒担心周先生犯的是传染病，会传染其他犯人，急忙将他从拘留所转入医院，那里看守松懈，周先生被成功解救。

经过周太太的悉心调理，周先生的身体很快恢复健康。

"你这碗辣椒饭，实在是送得太及时了。"周先生夸道。

周太太温柔的脸上绽露笑意，说："这还得对亏你之前写的纸条详细，提及不能吃太辣的食物，吃多了辣会喉咙痛发高烧……我才想到这个办法！"

——佛山市委纪念陈铁军征文优秀奖

◀ 尺素遗芬

花都村的人都知道骆大户和村里的教书匠骆先生交好。

算起来，两人的前几辈还有点亲戚关系。骆先生与骆大户交往，并不是看中他的财富，两人惺惺相惜，是因为有着共同的爱好和兴趣。两人都爱书法墨刻，骆先生精于书法，行书、草书、隶书、篆书、楷书，皆炉火纯青，还懂得镌刻金石之法；骆大户虽不擅长书法，但爱收藏各种名家字帖和书法真迹，王羲之、怀素、钟繇、米蒂等名家字帖都是其藏品中的珍品。

骆大户在骆先生家中见过一块书法石刻，爱不忍释，明示暗示骆先生多回，想让他割爱，骆先生都不愿意转让，只说石刻与其宗祖相关，收藏石刻的另一番用意是为了缅怀先人。

此石刻确实大有来头，原本属于清代广州十三行巨商潘仕成所有。潘仕成富可敌国，建有私人别墅"海山仙馆"，内藏金石、古帖、古籍、古画无数，被誉为"南粤之冠"。潘仕成还曾以"周敦商彝秦镜汉剑唐琴宋元明书画墨迹长物之楼"为自己的藏室命

第一辑 奇人旧事

名，可见收藏之丰之广。当时的名宦显贵都与之交往，潘仕成十分珍爱与权贵们的私交和来往书信，便选择其中已过世者的书信刻成石刻传世，所用石材均采用肇庆的端石，历时八年之久，取名"尺素遗芬"。骆先生保存的正是"尺素遗芬"中的一块，这块书信的内容是晚清重臣骆秉章请潘仕成帮忙代购买牛痘洋刀等事宜，石刻文采书法俱佳。潘家和海山仙馆没落破败后，园内的石刻，渐被倒卖，散落四方。

骆大户见骆先生如此，也不强人所难，闲暇时倒常去骆先生家中欣赏品玩。

转眼到了抗战时期，羊城沦陷，城内遍地汉奸。汉奸头子还在市中心建造豪华寓所，占地几十亩，内设有湖、亭、园林等，汉奸头子汪某的太太贪财，使尽各种敛财手段，一方面贪污受贿，一方面搜刮民脂民膏。她偏爱古董字画，听闻海山仙馆曾有"尺素遗芬"，便命人对照拓本字帖在羊城四处搜找，巧取豪夺。

远在羊城郊区的花都村，自然无法偏安一隅、独享宁静。被日伪任命为村长的骆大户接到上头的指令，就上门与骆先生商量，让他献出书信石刻，避免受到无妄之灾。

"汪夫人也是鉴赏家，收罗这些石刻，会妥善保管。再说，不白拿你的，要多少钱你尽管开口，我一定照付。"骆大户循循劝导。

骆先生骂道："把石刻送给汉奸，出卖良心，我宁愿玉石俱焚。"

骆大户恨铁不成钢，与骆先生商议半日，仍无结果。骆大户一怒之下，唤几个下人入屋，控制住骆先生，蛮横地抢走了石刻。

石刻送到汉奸府上，汉奸夫人心花怒放，自然对骆大户青眼有加，让他官升三级。这下，骆大户更加卖力，放出风声，高价收购"尺素遗芬"的石碑。骆先生被朋友背刺出卖，抢了石刻，黯然神伤，变得沉默不语，终日躲在老宅中，与字画为伍。

三个月不到，骆大户替汉奸夫人搜刮到十多块"尺素遗芬"的石碑，汉奸公馆内有一湖海亭，亭的四壁全部镶嵌了石刻。

新亭落成，汉奸夫人请来城中名流，举行书法鉴赏会。城里好多书法鉴赏大师和名家，屈于淫威，被逼无奈出席，看到那些石刻，众人眼光深邃，内心复杂，欲言又止。

风水轮流转，没几年，时局又发生变化。日军大败，逃离羊城，汉奸走狗们没落得好下场，枪毙的枪毙，关的关。骆大户当过日伪时期的官，自然被秋后算账，虽然他没干大奸大恶之事，可强取豪夺，进贡了许多块"尺素遗芬"的石碑讨好汉奸夫人是证据确凿的事实。

公审大会上，法官对着站在审判席上的骆大户细数罪状，骆大户低头不语。

突然，听众席中的骆先生站了出来，打断法官道："其实骆大哥并没有抢走我的石碑，他拿走的是我仿刻的假石碑，真的现在还在我家中。"

众人惊讶。

骆大户忙说："兄弟，我如今是带罪之身，确实犯过错。你又何苦再和我扯上关系，无故受牵连。"

骆先生拱手，不吐不快，说："骆大哥当官，是为了保全花都村，逼不得已，为官期间，并无大恶之罪。他送给汉奸夫人的十几块石碑，都出自我手，本是我们一早商议好，就是不想让真迹落入汉奸之手，而演的一出苦肉计。你们不信，可以去公馆查看那些查封的石碑，字迹虽看不出破绽，但雕刻所用的石料，无一块是肇庆端石……"

◀ 无为而治

　　吴知县在后衙的内邸书房中练字，慢条斯理、气定神闲，对府外隐隐传来的击鼓之声充耳不闻。过了一会，鼓声停歇，吴知县的脸上闪过一丝不易察觉的笑意，写完一横幅，停笔直身欣赏。

　　仆人前来禀报，城西刘大户求见。吴知县略沉吟，点头命人请进。刘大户是城中首富，家财万贯，常捐钱赈灾，与吴知县有数面之缘。

　　刘大户满脸堆笑，点头哈腰进来，身后还跟着两个捧着礼盒的下人。刘大户一挥手，下人把东西留下，便退了出去。

　　吴知县乜眼斜视，微微皱眉，冷冷问，刘大户，这是做甚？

　　刘大户忙道，小小意思，不成敬意。

　　"带走带走。为官者需清廉，不到百姓一针一线。"吴知县正色道，"你估计没听过我的脾气吧？我一不贪财二不好美色，上回城东林老板夜里送来怜香楼的头牌小玉，我连门都没让她进。"

刘大户额头冒汗，不知如何作答。

吴知县请刘大户上前，看他放在桌上的横幅，说："你且看我写了何字？"

刘大户侧身窥视，只见宣纸上书"无欲"二字。

吴知县说："君子无欲则刚，你还是把东西都拿回去吧！"

无须再让吴知县解释，刘大户忙叫下人把礼盒拎起，连连告退，灰溜溜出了衙门。心中所求之事，一个字都没敢说出口。

吴知县撸了下胡须，换过张纸，重新泼墨。

仆人又来报，城北李秀才前来。李秀才虽一介书生，可有个在京城吏部任大员的舅舅。吴知县脸色微变，觉得不得不见，挥挥手，让人把李秀才领进。

李秀才作揖行礼完，开门见山，说起前几日书信和吴知县提到的那件事宜，想在城北开设官学书斋，请求吴知县批准。

吴知县手起笔落，不置可否。

李秀才说："老爷如愿玉成此事，我必定在我舅舅面前美言，到时定能助大人平步青云。"

吴知县把笔一掷，朗声道："我为官向来只为百姓，不求自身功名，当个芝麻官足矣。官学一事，兹事体大，须从长计议。你且先回去吧。"

李秀才瞥见吴知县纸上写着"无求"二字，无奈摇头，只能先行告退。

李秀才一走，吴知县接着换张纸，继续悠哉游哉挥毫。在隔壁的吴夫人却坐不住了，跑过来训道："刘大户行贿你不收也就罢了，人家李秀才请你办官学，是好事，你也拖着不办，就不怕得罪了京城的大员？！"

"我一不贪赃，二不求上，何惧之有？"吴知县回答，"你是妇人之见，懂什么？你且看我写了何字？"

宣纸上，吴知县新写了"无为"二字。

吴知县说："多一事不如少一事，多做多错，少做就没错。无为而治，方能平安无事。再混个几年，我就告老还乡啦！"

这时候，衙门口鼓声再起，传来一阵嘈杂脚步声和呵斥声。接着，书房突然闯进来一队官兵，为首的是府衙的同知大人。

同知大人一声令下，先夺了吴知县的顶戴和官印，同时宣布上令，将吴知县革职查办。

吴知县跪倒在书桌旁，连声喊冤，说："我一生清廉，不贪不腐，是不折不扣的好官，上头一定是弄错了，还请大人明察。"

同知大人冷笑，反问道："你认为当官，是不是非黑即白？跟铜板一般，不是清官就是贪官？不贪就是个好官？"

吴知县点头如捣蒜。

同知大人瞥了一眼桌上的"无为"二字，把玩着刚没收的官印，说道："你错了。为官者，不似铜板，倒应该像这四四方方的官印，有清廉一面，还得有勤政、爱民、务实、公正、担当等多面。此地很多百姓乡绅反映，都告到京城去了。你为官表面干净正直，实则敷衍惰性，终日只会高谈阔论，从不干实事。不求有功但求无过，虽不是贪官，但却是个十足懒官。尸位素餐最终只会误国误民，撤了你不算冤枉！"

吴知县还想辩解。

同知大人抓起桌上的纸，狠狠甩到吴知县脸上，命人将其入狱，骂道："无为而治，并非无所作为。你还是到牢里，好好想下这句话的意思吧！"

第二辑

时代新风

◀ 单身公寓

单身公寓有一条不成文的规定，想租住公寓，必须是单身女性，如果有对象或者结婚了，就必须得搬离单身公寓。

规矩是公寓的主人定的，一位头顶微秃的中年汉子，姓于，大家都叫他于老头。

于老头住在公寓一楼，兼保安和代收快递。于老头一个人住，不过没人过问房东的私事。大多数租客都嫌于老头过于严肃，有时甚至不讲情理。租住在这里，是因为房租底。

王乔乔就住在这栋单身公寓里，她见过很多人搬进来又搬出去。有人结婚了，搬出去不再搬回来；也有人分手后，重新搬回这里；还有人有了男朋友仍假装单身，想占便宜租住在这里，被于老头发现了，就勒令其搬出。

单身公寓只提供给单身的人。于老头说，如果一个男人说爱你，却连房租都付不起，我想他不是真的爱你。

租不起房也有可能是真爱！有人反驳。

于老头说，如果是真爱，就要住在一起，一起奋斗、打拼，去拥有属于你们自己的房子。所以，我更要赶他们出去。

有人说，话说得轻巧，生活不是那么容易的。

于老头听了，生气地说道，谁的生活都不容易，租我的公寓就得遵守我的规矩，我只要求你们诚实。

王乔乔赞同于老头的规矩。当她认为自己找到真命天子的时候，便跟于老头说，我要搬过去和男友同居。

于老头说，好，要是不开心，随时可以搬回来。

王乔乔笑了，拒绝了于老头的好意。她明白于老头的话是什么意思，不过她对自己的爱情很有信心，不会有搬回来的可能。

谁知，不出半年，王乔乔就和男友吵翻了。

王乔乔问于老头，我能搬回去吗？

于老头的回答很干脆，没有问题，还有空房间。

搬家那天，于老头站在阳台上替王乔乔监督搬家工人摆放家具。忙活完，王乔乔递给于老头一瓶矿泉水，说，叔，谢谢你，让我在这座城市里有个容身之处。

于老头说，不用客气，相信有一天，你会有自己的房子。于老头的脸上露出难得的温柔表情。

王乔乔问，叔，你说，是房子重要还是爱情重要呢？于老头想了想，认真地回答道，一样重要。二十多年前，有个女孩问过我同样的问题，当时我没办法给她想要的房子，她就放弃了我们的爱情，投入到别人的怀抱。后来，这个女孩告诉我，她过得并不开心。更让我想不到的是，一次家暴中，她的男人结束了她的生命。

王乔乔听了，非常惊愕，呆呆地站在原地。

于老头把钥匙轻轻放到她的手心，临出门，扭头对王乔乔说，我用半辈子的积蓄开了这家单身公寓，就是想给那些单身女孩一个机会，不要因为房子急于做出选择。

——原文刊于《天池》2023 年第 23 期

◀ 花城

　　羊城也叫花城，在花城，哪里都能看到花。立交桥上的三角梅，如梦如画，如一朵朵红云漂浮；街道两旁的高大木棉花，如英雄站立，身姿挺拔；阳台上、窗台边，摆满了各式各样的奇花异草。更别提每年年尾的行花街年俗，走在花丛中，宛如置身花国。

　　阿明不喜欢花，因为他从小患有鼻炎，有时花粉飞入鼻腔会直打喷嚏。他租住在城中村阴暗的握手楼里，房间内没有一棵绿植。楼道狭窄，空气不畅，住在里面终年不见阳光，无论是人还是花，都难以茁壮成长。

　　阿明每天出门上班都会戴上厚厚的口罩，遮挡住大半脸庞。他在城里当环卫工人，口罩给了他安全感，也可以避免在路上碰见熟人被认出来的尴尬。他本来在北方的家乡工厂上班，一次意外弄伤了腿，落下残疾，工作丢了，为了谋生便南下花城。虽然环卫工的工作又累又脏，可对于文化水平不高的阿明来说是一份薪水颇厚的工作。

阿明穿着工作服，游走在街头巷尾，不停挥舞扫帚。满地的落叶和花瓣常让他烦恼不已，遇到木棉花飘絮的日子，更是头疼。他一边扫地，一边在心里咒骂，不理解为何要种那么多花木。花又不能当饭吃，说是美化都市，可美在阿明眼里，同样缥缈遥远，无足轻重。

花城人告诉他，花不能当饭吃，但可以煲汤。老人们爱拣从树上落下的木棉花，拿回去洗干净晒干，就是上佳的煲汤料。好几次，阿明和拣木棉花的老人发生争执，阿明认为老人阻碍自己工作，老人则骂阿明不识得宝，暴殄天物，好好的鲜花都扫到垃圾桶里了。

阿明不服气，认为花城人表面爱花，心灵却一点儿都不美。有一次，他扫地看到路边草地上有个孩子蹲趴着学步，担心灰尘迷了孩子眼，又怕孩子爬出路外给车子刮到，好心脱了手套，想让孩子到安全点的地方玩耍。还没俯身抱起，孩子的母亲就急急忙忙过来阻止，脸上满是鄙夷和嫌弃，认为他的双手不卫生，肯定都是细菌和病毒。听着女人的冷言冷语，阿明一句话没反驳，心里跟鼻炎过敏一样难受，暗暗发誓，以后再不跟花城人多接触，能躲多远就躲多远。

一个下午，阿明打扫到地下通道的入口处。忽然看到入口围着几个人，面朝下面指指点点、议论纷纷。

阿明凑近一瞧，有个老妇人下楼梯时不小心摔倒，身子倾倒在台阶的墙壁处，一动不动，只听到老妇人嘴里发出轻微的呻吟声。围观的人没一个敢上前搀扶，阿明心里七上八下，他在网上看到很多老人讹人的新闻，好心扶人被倒打一耙的事时有发生。

有人说，地下通道有摄像头，可以证明与我们无关。

有人说，大家手里有手机，要不都把视频开了，互相证明，咱们一起把老人扶起来。

有人说，就怕家属胡搅蛮缠……众人还在讨论，阿明放下扫把，疾走两步，下了台阶，已经将老人扶正，坐在台阶处。经过检查，老人没什么大碍，休息一会儿回过神后，老人慢慢起身走了。阿明也没认为干了什么了不起的事，继续清扫街道。

等阿明扫到街尾的时候，那位被扶的老人再次出现在他面前，老人手里拎着小袋子，伸手进去一阵窸窸窣窣摸索，从里面掏出一个喝工夫茶的白瓷杯。瓷杯里面塞满了白色的玉兰花，老人将瓷杯递到阿明手上，神情庄重。

自家种的花，送给你，谢谢你帮了我！摆在床头，能香一整夜。老人笑笑，还握了握阿明的手。

阿明没拒绝，捧着装满花的瓷杯，杵在原地。他缓缓拉下口罩，一股清香瞬间直达脑门，花香怡人，阿明没打喷嚏，没过敏。

花，真好闻！阿明第一次觉得花香是那么美妙。

——原文刊于《河南工人日报》2024年1月11日；《南方工报》2024年1月12日

◀ 授人以渔

李强是山美村土生土长的村民。李强年轻时去市区当过几年后厨帮工，后来回家管理果园，没再外出。山里种植果树，靠天吃饭，年景时好时坏，也特别辛苦。终日暴晒，加上风吹雨打，才三十出头的李强外表看上去像个小老头。

最近几年，随着乡村建设和开发，山美村风景秀丽，有山有水，成了远近闻名的徒步村。一到节假日，很多城里人开车结伴一家老小来游玩，这里俨然成了度假村和景区。村人心思活络，开店的开店，摆摊的摆摊，卖土特产，一下子，原本寂静的山村变得活力无限。李强和妻子也张罗着，将自己的养鸡场改建成了农家乐。

相关部门为帮扶农民转型和发展，还专门邀请星级酒店的大厨师举办粤菜培训班，教授和改进乡亲们的厨艺，同时传授一些先进的餐饮服务理念。

李强和几个开农家乐的乡人，被村长要求务必出席。

李强抱着应付心态参加了，他认为城里来的厨师绝不可能教给他们真功夫。李强以前在城里当过学徒，厨师师傅严防死守，不轻易授技，非要学徒们老老实实洗上一段时间碗，或切上一段时间菜，才肯指点一二。没想到，来的几个大厨认真负责，知无不言，言无不尽，手把手指点，令李强大为改观，端坐好，认认真真掏出笔记本记下来，学起来。

其中，有位周大厨更是让李强佩服不已。老人家早已退休，这次不辞辛苦前来"传经"，一开口就给出了含金量颇高的建议。

周大厨认为，农家乐不可能像城里的酒店那么完备、分工那么多，短时间也不可能学到太多菜式，得针对自己的特色有所侧重。接着，他根据山美村的当地土产，选出五种地道的农家材料：走地鸡、大头鱼、乌鬃鹅、农家烧肉和客家酿豆腐。让乡亲们专门研究透这五道美食，做精做好，做成招牌菜，一定能留住顾客，让他们"食过返寻味"！

经过大厨的点拨，乡亲们仿佛打通任督二脉，回去后，每一家都推出了自己的特色菜，很快打开了局面。

周大厨很喜欢山美村的环境，培训班结束后，就在村里的民宿租住下来。眼见别人农家乐的生意有起色，李强却开心不起来。他的农家乐在村子最靠里的位置，很多游客来了都懒得再往里走，多在外面几家吃饭，遇到人多排队才会去李强家。李强只能硬着头皮再去请教周大厨。

"既然大家都做烧鸡，味道都差不多，你就在材料上下功夫。"周大厨说。他见李强院子里堆放着许多荔枝木，灵机一动，提议他用荔枝木烧鸡。荔枝木烧出来的鸡火候均匀，带有果木香气，立马让李强的农家乐突出重围，成了网红店。

李强对周大厨感激不尽，不过他的心里仍有些疑问，不明白为何大厨们这般无私帮助村民。

这天，李强经过村后的小溪边，见树影斑驳、溪流潺潺，树荫下，周大厨正盘坐在石头上，静静垂钓。

"周大师，钓到几尾了？"李强笑着问。

周大厨摇摇头，苦笑道："一条都没钓到。一连五天，我都空手而归，可能你们山里的鱼不喜欢我，都不给我机会。"

"我们这儿的鱼机灵，水里又多东西吃，不喜欢城里的鱼饵很正常。"李强叫周大厨拿着捞网在溪边一条分叉的小支流里等着，自己脱掉鞋子，入了水，随手折下两根大树枝，从溪的另一头缓缓走过来，一边走，一边用树枝猛打水面。鱼儿受到惊吓，躲进周大厨站着的那条支流里。

"哈哈，有鱼入网了！"周大厨高兴地举起网兜，几条溪鱼在里面挣扎。

"我们小时候就用这办法抓鱼，比钓鱼快多了。"

"好啊！授人以鱼不如授人以渔，你教会我一招了。"周大厨感谢道。

帮周大厨收拾好网兜，李强向他问了一个埋藏在心里许久的问题："你们为什么免费来这里帮我们呢？图的是啥呢？就不怕徒弟学会了饿死师傅？"

"我也问你，你刚才为什么要教我如何抓鱼呢？就不怕我把你们溪里的鱼都抓光？"周大厨哈哈大笑，反问道。

"天地这么大，鱼是抓不完的。"

周大厨点头，答道："没错！市场这么大，蛋糕也是切不完的。教会你们不会饿死我，相反更多人会做蛋糕了，就能把蛋糕越做越大……"

——原文刊于《南方工报》2024 年 2 月 2 日；《山西老年》2024 年 9 期，获得首届东园文学奖二等奖

◀ 两片叶子

    世界上有没有两片一模一样的树叶？王老大躺在院子的摇椅上，想着这个问题。

    小时候，他问过弟弟同样的问题。弟弟答，世界上没有两片一模一样的树叶。当时，王老大有点不服气。

    如今他退休了，有大把的时间。于是，他决定去楼下的花园找找，希望能找到两片一模一样的树叶。

    低着头，弯着腰，王老大在小区花园里转悠半天，捧着一大沓树叶回家。

    你捡那么多树叶干什么？家人问。

    王老大举起两片树叶，骄傲地对家人说，你们看，这两片树叶是不是长得一模一样？

    老伴侧过头，瞥了一眼，摇摇头，说，不一样，颜色就不一样，一个深黄一个浅黄。

    王老大放下这两片叶子，又举起另外两片，问，这两片呢？

儿子走近看了看，笑道，这片脉络粗，这片脉络细，完全不一样。

王老大不停举起手里的叶子，否定声不时响起：这片有斑点，这片有缺口，这片大了，这片小了……没一会儿，王老大捧回来的那堆树叶全进了家里的垃圾桶。

王老大不服气，饭都不吃，气呼呼跑下楼。过了许久，又带回来十几片树叶。家人笑他神经错乱，竟玩起孩童的游戏。除了孙子，没人再理他。孙子没看几眼，就挑出各个叶子的不同之处。王老大听后，连连摇头叹气。

吃罢饭，他决定扩大寻找范围，带着孙子到家附近的公园转转。一老一少，一个找一个辨别，如玩寻宝游戏，孩子乐在其中，王老大却累得腰酸背痛，伴随着一声声否定，越捡越灰心。

王老大像个泄了气的皮球，缩头缩脑，瘫在沙发里。坐在一旁的儿子见状，问道："爸，您怎么这么执着要找两片一样的树叶呢？"

"我就想找到后，带去给你二叔看。"王老大声说道。

儿子心里咯噔一下。

几天后，儿子回到家，就给了王老大一个惊喜——他在王老大面前摆了两片一模一样的树叶。王老大眯着眼，把树叶凑到窗户边，不停举着对比。

真的一模一样啊！王老大欣喜不已。"我们去看你二叔，"王老大说。

下午，在逼仄的会议室里，王老大见到了弟弟。刚出生时，乡人都说他们是一个模子印出来的。

目光一接触到树叶，王老二原本黯淡的眼眸，突然迸发出一抹光彩。接过哥哥递过来的两片树叶，王老二不停地端详对比，口中喃喃自语："真的一模一样，你真的找到了！"

王老大如小鸡啄米般点头，说，是啊，我找到了。你还记得小时候咱俩的赌约吗？

"记得！"王老二激动得声音有些哽咽，"谁先找到一样的树叶，另一个人就得听他的，要完成对方一个要求。"

"那好。"王老大语气凝重，缓缓说道，"你听哥的，把你的问题都交代清楚，不要再有隐瞒，争取宽大处理。哥相信你，我们长得一样，心也应该一样。"

王老二抬头看着眼前这个和自己长得一模一样的哥哥，欲言又止，泪水止不住地在眼眶里打转。

从小，两兄弟就一样优秀，学习成绩不相上下。工作后，弟弟似乎更胜一筹，慢慢跟哥哥拉开了差距。随着弟弟仕途高升，越来越多的人说他们兄弟俩并不一样，同根不同命。今年，当了一辈子普通职工的哥哥顺利提前退休，而居高位的弟弟却被带走调查。一样的家庭，两兄弟却走出不一样的人生。

沉默许久，王老二握住哥哥的手，重重点了点头。

在门口等待的儿子，见到王老大迈着轻盈的步子从会议室里出来，手里还捏着两片树叶，儿子在心里暗暗舒了口气。在网店上定制的两片仿真树叶还真骗过了两位老人。

——原文刊于《天池》2024 年 2 月上

◀ 黄边路上的外卖店

老陆接到儿子从广州打开的电话，当天就屁颠屁颠坐了几个小时的长途汽车，赶到孩子租住在鹤龙街道的店铺。

儿子在电话里说，自己开的饮食外卖店选址一流，附近有工厂还有商务楼，生意很火爆，眼见势头好，打算在附近再开一家分店。最近自己忙着新店选址装修的事，就想请父亲来店里帮忙顶几天。

老陆一放下行李，二话不说，就拿起扫帚想要替儿子打扫一下卫生。

"先别急，您先歇息一下。"儿子忙说道。

"不行！"老陆摆摆手，"做饮食就得讲究卫生干净，你看你的厨房，东西乱七八糟放，地面也满是油污，一来不卫生，二来也不安全。"老陆不理会儿子的劝阻，埋头苦干起来。

儿子无奈摇头，说："我这是外卖店，专门做外卖生意，顾客在网上下单，外卖员接单，再来店里拿单送到顾客家里，根本没有人来。看不着。"

"别人看不到，我看得见，不行，我看得心烦。环境搞好了，做出来的饭菜才香。"老陆说。

儿子没办法，知道父亲偏，拗不过，只好跟着整理。

终于打扫干净，也快到了饭点。

儿子拉着老陆进到后厨，说："现在你在旁边看，帮忙打包。看我怎么操作。等你会了，就在这边总店负责，我去新店开工，咱们父子俩一起合作，一起致富，把外卖父子店做好。"

老陆点点头，忙洗干净手，跟在儿子身后。

"需要我帮忙洗什么菜？切什么菜？"老陆问，他四下看了下，没有看到需要洗切的蔬果。

儿子笑了笑，一边吩咐老陆用快餐盒打好饭，一边在一排炉具上摆好几个煎盘，然后从冰箱里拿出几袋带汁水的食材，用剪刀剪开，分别倒入煎盘里，一开火，煎炒的刺啦声不断冒出香气，食物的阵阵香气飘来。

好啦，儿子干净利落地把盘子里的肉菜转移到快餐盒里，再淋上一点酱汁，大功告成，出单完毕。

这么快！老陆不敢相信自己的眼睛，担心地问："这样煮，熟吗？"

"没问题，我都卖了好几千单啦。儿子得意笑笑，是不是很简单？这就是快餐。讲究速度快，你做慢了顾客就会投诉你。其实如果想更快，还可以直接放入微波炉或热水中加热就可以。"

儿子侃侃而谈，老陆连连点头，闻着香气，他不禁有些嘴馋，叫儿子热一个快餐来试一下。儿子脸露难色，支吾道："等下忙完了，我请你到外面吃大餐。"

"不用，别浪费钱，快餐就行，我闻着很香，随便吃点吧。"老陆说。

儿子说："这是留给顾客的，下次吧，咱们先优先满足顾客需求。"

老陆想想也对，知道一个快餐能卖好几十块，能让儿子赚不少。他没再坚持，随便煮了个面裹腹，就和儿子忙活开。几下功夫，老陆就知道了如何操作。看着机器自动吐出来的订单，按需加热打包，放在外面的桌子等外卖员拿走即可。

第二天，儿子放心把事务交给父亲，自己跑到新店打点。没一会，他的手机就给人打爆了，顾客投诉连连。儿子只好放下手头的活，骑着电动车赶回总店。

没见门，就看到父亲捧着一大堆东西扔进了路边的大垃圾桶。

"你不会操作吗？怎么搞的？顾客们都打电话给我催单，说一个外卖都没送到。到底怎么回事？"儿子劈头盖脸地问道。

"不做了！你……赶紧把网店关了，先不要接单。接的单也全退了。"老陆气呼呼地说。

"开玩笑，有钱不赚呀！"

"对，这样的钱，我赚了心不安！"老陆又从后厨抱出一大箱食材，重重丢进了垃圾桶里，扭头对儿子说道，"你还想骗我到什么时候？这样的快餐连你自己都不吃，好意思给别人吃？你就不怕吃坏人？"

"您发什么神经？"儿子怒道。

老陆瞪大双眼，质问儿子道："你还想瞒我到什么时候？刚才有个外卖员来退单，说客户不要。我就想别浪费，请对方吃，人家一脸嫌弃，一五一十告诉我啦。你这种快餐包是三无产品，都看不到生产日期，就随便加热下，肯定细菌超标，卫生不达标。难怪你不让我吃！还有，我听说做饮食还得办健康证，我都没有办证，你就叫我来上班，这是违法行为。"

儿子一时语塞，吞吞吐吐说道，别人……别人也这么干。

"别人这样做，不代表我们就要跟着做。"老陆义正言辞，"我已经给街道的食品卫生监督部门打电话了，自我举报，请人家来检查，看下你还有什么地方要改进的，如果有地沟油什么的，我一定不会放过你。咱们做人得讲良心，来广州创业打拼就得爱羊城，得造福一方，不能赚了钱坏了地方的名声，让人家说这里开的店都是黑店，东西都不干净不卫生。"

"那生意还咋做？"儿子的声音带着哭腔。

"先别做了，新店也暂时不开。等咱们整顿好了，再重新开业。做生意，得对得住天地良心；做饮食，更要对得起自己，对得起别人，自己吃得下去，吃得健康，才能给别人吃。食品安全不是一句空话。"老陆说："你改过了，口碑做起来，还怕没生意。瞧这黄边路上来来往往的人，就是致富的希望。"

儿子低垂头，过了许久，他终于重重点了下头。

——获得白云区"我与鹤龙一起成长"——鹤龙街十周年来穗人员征文比赛 优秀奖

◀ 看雪

　　家在南方羊城郊区的国都，打小就向往北方，准确点说，是向往北方的雪。每每在课本里读到下雪的诗，或堆雪人的场景，国都就会陷入憧憬和幻想。雪尝起来甜吗？雪是白色的还是透明的？在雪里撒尿会不会立马变成冰？打雪仗会冷吗？无数个念头充斥在国都小小的脑袋里，如雪花乱飞乱舞。

　　"好想去北方看雪啊！"他忍不住对父亲说了一句。

　　父亲听了他的话，眉头微皱，答道："雪有什么好看的？！电视里常看到。也就那样，没我们南方的沙滩、大海好玩。"

　　"电视看和亲自看到，不一样。"国都发起脾气。

　　父亲没理会他。

　　有一年冬天，气候异常。清早起来，国都发现放在院子里的脸盆中的水倒不出来，上面结了一层薄薄的冰。

　　下雪了，下雪了！国都顾不上洗脸，高兴地朝野外跑，见到田野里，池塘面都结了一层冰，他兴奋地想下去滑冰，脚刚踩到冰面，人就掉了下去。幸好晨练的老人路过，将他拉了起来。浑身湿透，免不了挨父亲一顿揍。

哪里是下雪？都是霜！父亲一巴掌招呼到他屁股上。

国都心里一万个不服气，得不到的梦，永远在心间骚动。等到高考填志愿，原本以他的分数，十拿九稳能上羊城的中山大学，他却违背父亲意愿，填报了东北的一所高校。收到录取通知书的那天，父亲气得脸都绿了。

"去那么远？你图什么？"父亲语气里满是愤怒。

"北方有雪啊。再说，学校也不差！""那你就一辈子在那里看雪吧，永远都别回来。"父亲说起气话。可没等国都开心多久，仔细看了通知书，恍然明白过来。那所东北的高校在珠海新建了分校，所有南方招收的学生都会分配到珠海上课。

在珠海上学的四年里，国都看得最多的便是阳光、沙滩和海浪，一点雪的影子都见不着。越是摸不到，越让他心中的渴望灼热。

好不容易捱到毕业，他专门面试了一家总部在上海的公司。面试顺利，年底他被安排去上海总部培训一星期。

一出了浦东机场，他迫不及待点开手机里的天气预报，预报说接下来一周上海会有小雪。在酒店里期待许久，没等来想象中的白雪飘飘，天空竟下起阴雨，夹杂着北方吹来的冷风。不到两天，国都的脚底板就开始开裂，鼻腔觉得干燥，浑身上下透着一股不舒服劲。培训一结束，他就收拾行囊匆匆回家，失去游玩的兴致，自然没邂逅到心中的那场雪。

回到羊城，在上海的不适一扫而空。那一刻，他才醒悟，自己的体质适应不了那边的气候，更别说去东北生活。

在羊城奋斗多年，国都成家立业，事业蒸蒸日上。好多次，他都因为工作繁忙和父亲生病的原因，没能和妻儿一道去国外滑雪。当北京举办冬奥会的时候，国都终于抽出时间，陪着家人到首都观赛，顺便体验了一把冰雪的乐趣。

回来后，他和朋友们联手，在羊城郊区建造了一个冰雪乐园，里面还配备南方最大的室内滑雪场。乐园下方的土地，正是当年他破冰落水的那片田野。

机器一开动，雪花飞扬，场馆里堆满厚厚的积雪，脚踩上去蓬松的雪面，发出沙沙的响声。

"这里的雪跟北方的雪一样吗？"父亲问。

国都答："一模一样。场馆里装了30台造雪机，将纯净水转为真冰雪，干净卫生，能飘出一样的雪花，结成一样的冰块。"

"说得我都有股想去舔一舔雪的冲动。"坐在电动滑雪车上的父亲摘掉手套，伸手勾了一点雪，放在手心，笑了，笑得跟个孩子似的。

场馆内，人头攒动，孩子们在打雪仗，嬉戏玩闹，拍照留念。

南方的孩子，都有过一个看雪的梦。国都眼里闪过一束光。半年前，他回老宅收拾东西，无意间翻到父亲儿时的笔记本，里面有一篇文章的题目叫《我想去看雪》。

父亲费力地点头，表示认同。父亲中风多年，双腿瘫痪，现在出行都得坐轮椅。

——原文刊于《番禺日报》2024 年 4 月 28 日

◀ 菠菜莲

菠菜莲卖的不止菠菜，她在羊城中市开蔬菜档，白菜、空心菜、上海青、番茄、青瓜等，各式时令蔬果都有售卖。她长得有韵味，不施粉黛，素颜却比得上电视里的女明星。她胸前波涛汹涌，胸部傲挺，整理蔬果时，随着动作，硕大的肉团不停晃荡，常让隔壁几个档口的男人们看得眼神飘忽、心绪不宁。男人们在背后爱偷偷叫她"大波莲"，当面自然不敢这般叫，戏谑唤其"菠菜莲"。

阿莲知道男人们那点心思，她一点都不在意，该干什么干什么，招徕顾客不卑不亢，服务周到即可，没有任何过分的举止。偶尔遇上一两个言语轻薄的顾客，她装作没听见，笑笑就过去了。

档口上卖得最好的不是菠菜，而是生菜。生菜，羊城人以其菜可生食，以名之，且生菜寓意美好，谐音生财，更是喜宴上的名蔬。生菜吃法多样，可做西式生菜沙律；羊城人打边炉或煮云吞面，生菜是最佳配菜。立春吃生菜包，过年时节摆一盆生菜于家门口祈福来年财运滚滚。长辈生日煲生菜粥，一来容易进食，二来祝福老人生龙活虎、健康长寿。舞龙舞狮，登高采青，绑着红包的青菜也多为生菜。

阿莲脑子活络，见生菜销路好，和丈夫商量，在中市附近的岗口村租下几亩菜地，雇佣两个外省人专门种植生菜，供自家菜档售卖，打着绿色农家的旗号，供不应求。

岗口村种生菜的历史悠久。村中有一传统民俗活动名曰"生菜会"，农历正月二十六观音开库日，市民信众纷纷赶到村里的观音庙跪拜，祈求平安发财。观音素有送子娘娘的美誉，女人拜观音还多了一层含义，求观音庇佑生子有嗣。观音庙前的香炉旁边置有两个大石槽，半米多深，注满清水，内放无数蚬螺。上完香许过愿的女人凑到石槽边，闭着眼睛弯腰一手插下去摸抓，如果摸到蚬就预示会生女，如摸到螺则预示生男。拜祭完毕，再到庙后的食摊上吃几个生菜包，有"包生"之意。生菜在这语境里，又多了生育生养的涵义。阿莲家的生菜种得最好，生菜会上的用量巨大的生菜都向他们家采购。

近几年，阿莲每年都会到生菜会上参拜。皆因他们夫妻二人都已四十有五，仍没有一子半儿，看过医生做过检查都没效果，便把心愿都放到观音庙里。

正月二十六这天夜里，阿莲督促工人把最后一车生菜送到庙后的理事会，就洗干净手，整理下衣衫，带上香烛和水果进庙拜观音。拜祭完出来，见石槽边人头涌动，内三层外三层，除了摸取螺蚬的女人，还有调皮的孩童和看热闹的男人，男女老少挤作一团，热闹喜庆。阿莲晃动着饱满的身子，好不容易挤到石槽前，挽起衣袖，俯下身子伸手入石槽里摸索，忽然她感觉胸前被人揉捏了一把。

"老色鬼，光天化日，你居然当众非礼？"阿莲眼疾手快，一把揪住身边挨着的一个瘦弱老头。

老头獐头鼠目，一脸猥琐，笑嘻嘻道："靓女，你误会了吧。人多拥挤，不小心碰到很正常。"

"一点都不正常，你就是故意抓我的胸。"阿莲气愤道。

"冤枉好人了。"老人连连否认，狡辩道。

"我看得一清二楚，你还想赖？"

老人嬉皮笑脸，说："无凭无据，不能血口喷人哦，我一把年纪，也是要脸面的。"

周围的人都停下来，围观他们争吵。吵闹声引来观音庙理事会的管事，管事认出阿莲，就上前劝慰，充当和事佬，请阿莲得饶人处且饶人。

"不行，一码归一码。这老头猥亵妇女，一定要让他认错。"阿莲坚决不同意。

"你能奈我何！"老头干脆耍起无赖。

"庙前有监控，是不是冤枉，查查监控便知。"

"夜里灯光暗，不一定看得清楚。再说，镜头是不停转动的，不一定拍到。"管事仍想息事宁人，大事化小，小事化了。

"不行！一定要看。报警，我报警让警察来调取监控……"阿莲态度强硬。老头一看势头不妙，想趁机溜走。阿莲死死拽住对方衣领，老头挣扎，两人便扭打到一块，众人哗然。

没多久，警察闻讯赶来维持治安，带走了两人。最终，老头得到应有的惩罚，衣衫不整、头发凌乱的阿莲也被丈夫接回家。

几天后，生菜会的一幕被传得沸沸扬扬、荒腔走板，阿莲的名字被人无数次提起，越传越玄乎，有人说阿莲轻浮浪荡，穿着暴露才惹得一身骚；有人说不守妇道，和老头有说不清道不明的关系；有人说她老公当场抓奸，扭送到公安局；有人说阿莲家之所以能接到生菜会的生菜大订单，全因为阿莲和管事有一腿……

阿莲不理闲言碎语，照样做生意。阿莲丈夫的脸则黑如乌云，与阿莲多有争拗，日生嫌隙。

十个月后，观音显灵，阿莲顺利诞下麟儿。尽管有了孩子，阿莲丈夫仍执意要和刚出月子的阿莲离婚。

——原文发表《潮州文艺》2024 年第 2 期

第二辑　时代新风

◀ 老火靓汤

柳强是一名优秀的职业跑手。

他经常飞来飞去，参加全球各地举办的马拉松比赛。只要实力强，一年跑步下来赚的钱不比写字楼里的高级白领差，就拿这周要进行的羊城马拉松比赛来说，第一名的奖金是 21 万，如果破了国内记录再奖 8 万，破了国际记录再奖 21 万。靠着不菲的奖金，柳强过着滋润惬意的生活。每天除了训练跑步，其余时间就是到处游玩。

国内的比赛对于柳强来说，竞争对手少，本是手到擒来的赛事，可来了羊城几天，他就感到身体不自在，医生检查过说没有任何问题，估计就是秋冬季节天气干燥，加上饮食不注意，让他这个北方人有点水土不服罢了。柳强不免后悔起自己过于得意忘形，前两晚还和一班羊城的跑友聚会吃烧烤。本地跑友团的跑友得知后，有人给他送来凉茶服用，喝了一口黑如墨汁的凉茶，柳强眉头扭成一团。

一位叫家琪的姑娘心细，送来自己煲好的玉竹百合鹌鹑汤。温热的汤水入喉，柳强瞬间感觉舒服不少，食欲大振，似乎从没喝过这么好喝的汤，一下子把汤煲干个底朝天，里面的汤渣肉碎一点不落下。

　　柳强夸，羊城的汤咋这么好喝！

　　家琪说，这叫老火靓汤，慢火慢煲，火候足，时间长，兼具食补和药补的功效，不同的汤品有不同的作用。

　　第二天，家琪送来白菜干陈皮生姜猪肺汤。第三天，是茶树菇老鸭汤。柳强大快朵颐，直觉浑身舒坦。一连几日老火靓汤伺候，柳强恢复迅速。比赛那天，状态大勇，更胜从前，一举夺冠，还破了国内记录。

　　柳强感激家琪，领了奖金，两人在小蛮腰上的高级餐厅烛光晚餐。灯火摇曳，含情脉脉，一切发展得如珠水细流般自然流畅。

　　半年后，两人便结了婚。

　　婚后，家琪放弃自己的工作，专心当起贤内助，秉承着母亲教下来的谚语，捉住男人的心，先得抓住他的胃口。变着法给柳强做各种美食，老火靓汤当然少不了。

　　补肾壮骨煲黄精枸杞牛尾汤、健脾养胃煲山药茯苓乳鸽汤、补血益气煲红枣阿胶乌鸡汤、用脑过度川芎鱼头汤、解毒利湿煲鸡骨草瘦肉汤、舒筋骨煲五指毛桃老鸡汤……

　　柳强浸泡在汤汤水水中，浸泡在家琪的温情爱意里，幸福无比。他继续在各地奔波征战，想赢起更多奖励和名誉。

　　当家琪幻想着给柳强煲一辈子靓汤时，跑友却给她送来击碎梦想泡沫的消息：柳强在外地比赛时，出轨了一个青春靓丽的女选手。

家琪内心痛苦万分，脸上却强忍着怒意。下周，他们一起回到家琪的老家羊城参加新一届的马拉松赛事。

柳强似乎感知家琪的敏感变化，小心翼翼维护表面的和谐。

"再好喝的汤，也有喝厌的一天啊。"家琪的话语暗藏机锋。

"只要是你煲的老火靓汤，我都爱。"柳强摆出一副百吃不厌的表情，将家琪悉心准备的汤水一饮而尽。

接下来几天，家琪天天煲上一大煲老火肉汤。

比赛的前一天晚上，家琪买了一桌子海鲜，预祝柳强明天比赛旗开得胜。她以汤代酒，和柳强摊牌，说："咱们好聚好散，我知道你的心不再在我这，吃完这顿，你把离婚协议签了。"

柳强被说得无地自容，只能埋头喝汤吃肉。

吃过饭，柳强搬去酒店。

睡到凌晨时分，柳强口干舌燥，左脚板感到阵阵刺痛，辗转反侧，终被痛醒，想爬起来喝水，脚板一着地，如针刺刀割，瘫坐回床上。开灯细看，左脚微微发胀，脚踝和脚背有两处红肿，轻触之下，疼痛加剧。

柳强紧张不已，挣扎着出门，打车去了夜班急诊室。

难不成食物中毒了？柳强问。

医生初步问询，看了看验血报告，摇头道："不是中毒，结合你以往的饮食习惯，是急性痛风发作。建议戒烟戒酒，少吃海鲜、内脏。切记，不要多喝老火靓汤……"

经过一番止痛消肿处理，柳强的病情有了缓解，马拉松的比赛却无论如何都参加不了了。

◀ 肥婆兰

．．．．．．．．．．．．．．．．．．．

　　羊城中村市场人来人往，热闹非凡。这里不单节假日生意好，平日也是人头涌涌，皆因中村市场是羊城最经济实惠的菜市场。规划好的室内市场早已出租一空，市场外几条街巷的临街店面也被人租下，开成各式各样的小摊小店。

　　大兰和丈夫阿胜的鱼档就在街转角的位置，熟悉的顾客喜欢叫她们肥婆兰和卖鱼胜。他们的档口专卖活鱼，草鱼、鲤鱼、水库大罗非等，生意不错。生意较清闲时，肥婆兰嘴里叼着烟，把躺椅搬到鱼档旁，躺着玩手机，一边和过往的行人顾客瞎聊上几句，招徕下生意。

　　最近，他们对面的档口被人租下，是个长相妩媚的女人，租来卖冰鲜渔货，多春鱼、九肚鱼、冻蟹冻虾，各种冰鲜鱼摆满小小的货架，浓烈的海腥味飘来，让接触惯鱼类的肥婆兰都难以适应，闻了两天才不再皱眉。

　　女人名叫小兰，说话嗲声嗲气，穿着贴身的紧身衣，小围裙束缚得凹凸有致，挽起衣袖露出两截白藕一般的手臂，挥舞着剪刀，胸部微微颤动，没两下功夫就处理好一盘小杂鱼，笑意盈盈递给顾客。

街坊们常爱拿大兰和小兰开玩笑，说同名不同命，一个长得苗条貌美，一个却吨位超载。

"往前二十年，我也是这种身材！"肥婆兰嗤之以鼻，听多了便不理会他们的嘲笑，径自刮着鱼鳞。当看到丈夫的目光有意无意老飘向对面时，她手上的刮鱼刀划动得更加迅速，鱼鳞乱飞，差点飞进丈夫眼里。

"干活小心点嘛！"卖鱼胜抱怨。

"干活得长眼，别到处看，小心鱼刺扎破手。"肥婆兰恶狠狠回道。

卖鱼胜撇撇嘴，自知理亏，不敢搭话。

男人们喜欢到小兰的档口买鱼，市场里卖同类冰鲜鱼的老板们给抢走生意，心里不乐意了，偷偷举报到市场管理处，诬蔑小兰卖臭鱼坏鱼，还缺斤短两，坑骗顾客。

管理处三天两头来检查，小兰的生意受到影响。不知听谁点拨，买了两条好烟，送给了管理处的头头李队长。几天后，有人看到李队长在小兰的档口边有说有笑，言语间带着暧昧，李队长举止轻佻，小兰没有拒绝，反而有意无意奉承，无形中给人一种找到靠山的假象，生意自然不再受阻。

时间一长，看不惯小兰那种做派的人们，给小兰起了个外号叫姣婆兰。姣婆，是粤语，指女人爱卖弄风骚。

小兰似乎不在乎别人的看法和嘲弄，继续散发着热情和活力。

半年后的一天，肥婆兰躺在躺椅上玩手机。忽然听到前面传来急促的脚步声和女人的喊骂声，转眼即闪到小兰的鱼档前。肥婆兰认出这帮女人是市场里卖冰鲜渔货的老板娘。她们骂骂咧咧，看客们听不明白是桃色纠纷还是生意纠纷，总之她们就是要找小兰晦气。

小兰咬紧腮帮，骂不还口，低头干活，一滴汗滑落，她不经意一甩刘海，落在别人眼中又成了个风情万种的动作。这下更惹恼了对方。

"正一姣婆！看我不打得你满地找牙！"领头的女人大骂道，呼喊着就要姐妹们一起上，一起动手。

肥婆兰铁塔似地杵在小兰和几个女人中间，她出口阻止道："谁敢在这里打架，坏了我家生意，我第一个揍谁！"

对方也认得肥婆兰，听说过她的彪悍事迹，再看看肥胖的身躯，谁都不敢先动手。

"我就看不惯她这样做生意。就要教训教训她。"领头的女人说。

"她一个女人带着娃，无依无靠，不这样做生意，该怎么做？"肥婆兰吼了回去，说："你们别仗着人多，欺负人家孤儿寡母。"

两句话就把一群人架在半空，谁都不好意思再动武，灰溜溜散开，息事宁人。肥婆兰见众人离开，没注意身后小兰投来感激的目光和她目光里晶莹滑动的泪花。

肥婆兰继续在躺椅躺下，旁若无人刷着手机。二十多年前，大兰带着儿子在中村市场摆摊，那时候，她还没再嫁，市场上看她不顺眼的人，也都背地里叫过她"姣婆兰"。

◀ 口水威

　　阿威是小区里最爱出风头的人物。他能说会道，遇事爱指点爱炫耀，街坊们都说他"口水多过茶"，给他起了个"口水威"的外号，粤语里谐音"口水溦"，意思是唾沫星子特别多。

　　阿威没事时，就喜欢往人堆里扎，人越多他越活跃。一会侃大山，一会龙门阵；一会吹水不抹嘴，一会吹牛皮不怕破。

　　他吹嘘自己业务繁忙，一个月的盈利都得几万。听者笑着问，既然这么忙，为何还有时间来闲聊啊？口水威面不改色，装出淡然潇洒状，答曰公司里有小助理看着，自己就时不时去溜达一下。他又说周末经常和车队的朋友，开车去山区做慈善当义工，捐赠物资给希望小学的孩子们，还经常结伴去自愿献血，好事没少做。听者又问，你没小汽车，羊城早禁摩了，你开什么车去呢？口水威说，我们是哈雷车队，一部摩托车的钱比小汽车的钱还多，禁摩禁不住我们。要知道，我可有个好哥们，就在交警队当队长，小时候同穿一条裤的交情，好着呢！有什么事你们吱声，一定替大家摆平。

不认识口水威的人，乍听之下，还真以为他干着什么了不起的事业，是个多了不得的人物，正向上前结交。旁人便笑着拉到一旁，说，他哪里是什么大老板！就在小区里开了家打印店，没招员工，平时都是他老婆在店里顶着，说天天搞慈善献爱心？鬼才信呢，我只见过他给灾区捐款，名字后面只捐了两块钱。真有事找他，估计不知躲那里去了。这种人，不认识也罢。

口水威每日都要去小区花园里吹吹牛，似乎一天不吹，就浑身不自在。

这天，他正和一帮下象棋的老头吹得热乎。

"我过年陪老婆回乡下，给小孩的红包一封都是两百块，过个年至少花费十万块。"口水威说。

熟悉口水威的人都不接话，微笑不语。人群里，有个不认识口水威的年轻人却听得认真，一脸崇拜。等到人群散去，口水威仍意犹未尽，年轻人突然上前拉着口水威，从口袋里掏出一张名片递过去。口水威接过一瞧，上面写着市电视台的记者。

记者说："我们在搞一期栏目，看你口才不错，不知有没有兴趣上镜？"

口水威一听能上电视，顿时来了精神，如果让别人在节目里看到自己，以后又多了不少吹牛的本钱，便连连点头。

记者说着，从背包里掏出部小型手持摄像机，对着口水威拍了起来，让他尽情发挥。

镜头前的口水威如鱼得水一般，拼命吹嘘，从小区的环境，谈到国际大事。临近中午，一向吝啬的口水威居然破天荒邀请年轻的记者吃午餐。

餐桌上，口水威继续自吹自擂。

记者举着摄像机问："你这么有爱心，我们这期就是爱心公益专栏，不知道能不能为孤儿院的孩子们捐点爱心？

被吹捧得忘乎所以的口水威，利索地掏出手机，心想对着电视机前的观众可不能太小气，用钱赚点名声，忍痛把余额里的几百块钱都转给了记者。记者千恩万谢，告诉口味威，这期节目下周一就会播出，请他耐心等待收看，拍拍屁股走了。

口水威兴奋不已，逢人便吹自己要上电视了，叮嘱大家下周一记得观看。到了周一，他拉上全家人，专心致志在电视机前收获，可等到晚间新闻都播完，也没看到自己的身影。他打去电视台询问，根本没年轻记者哪号人物。口水威方醒悟过来，知道上当受骗，赶紧报警备案，好一阵折腾，钱依旧没找回来。警察告知那人的骗术很低级，带的摄像机都是假货，根本没电池没开机，问他为什么见多识广，连那么大的破绽都没瞧出来？口水威讪讪，平日口若悬河的嘴巴，像吃了黄连一样，有苦难言。

当所有人认为口水威会低迷收敛一阵的时候。他跟没事人一样，照旧出来花园溜达，恰好碰到社区居委会在楼下宣传防诈骗反诈骗的活动。他挤了过去，不问自答，便自说自话起来，大倒苦水，说自己前两天才遇到诈骗，一时心软糊涂，给狡猾的骗子骗了好几万块钱……

嚯，好家伙，两天时间，几百块钱就成了几万块钱。口水威的嘴，连被骗也得比别人威风。

——预发表《韩江》

◀ 中市理发店

　　阿茂在中市附近路口租下一个店面，在给别人打了十年工后，终于拥有一家属于自己的理发店。

　　有朋友认为他的选址并不理想，中市是一个城乡结合部式的菜市场，听说里面卖的肉和菜是全羊城最便宜且量最多的，很多老年人慕名而来，一大早坐着公车挤着地铁拖拉着小推车赶来，所以顾客群体多是中老年人和一些家庭主妇。而阿茂之前打工的发廊是在商业中心的旺地，前去消费的顾客也多以年轻人为主，要求理的发型都是时尚时髦为主。

　　朋友对他说："你的商业定位不准！估计生意不会好到哪里去。"

　　阿茂笑，说："我不正好来填补市场的空白嘛。我相信，有好的手艺到哪里都吃得开，就算是大爷大妈们一样会喜欢我的服务。"

　　话是这样说，但现实还是充满了骨感。

开业几天，门可罗雀。除了几位朋友来捧场，之前熟悉的老顾客嫌地方偏僻难找都没有过来，偶有一两个陌生大妈在门口张望几眼，根本没有走进来的意思。

大爷们嫌他门口贴着的价格表价格太高，根本消费不起。阿茂解释自己用的是最好的洗发水和护理素，连发胶都是最好的，订的美发仪器也是最新款的，制定的价格一点都不贵，如果放在市中心，至少得多花三倍的价钱。

大爷们可不这样想，他们一指旁边榕树下的理发档，上面贴着的招牌写着理发五元。他们嘿嘿直笑，说理发要的就是便宜，真要贵的，他们也付得起，但要的不是你这样的服务。

阿茂不解地问："你们想要哪种服务呢？说出来看我能不能提供。"

大爷们一脸坏笑，答："你这地儿连个洗头的小妹都没有，根本不可能提供。"说完，几个大爷哄地笑了，有人偷指了一下对面巷子深入的几间看似发廊又不像发廊的洗头屋。

阿茂想了一会，才明白过来，不好意思地笑了。拼价格确实没人家实惠，要按摩锤骨的特别服务他当然也提供不了。

清风徐徐，大爷们劝他不如将理发室改装成麻将室，一来轻松，二来赚钱快。阿茂起身请抽着烟、吐着痰的大爷们一个个出去，说如果理发他欢迎，但把这里搞得乌烟瘴气，就怎么都不愿意，只好得罪了

大爷们愤愤而去，都骂他的店一准倒闭，大家都睁大眼等着看好戏。

三个月过去，理店没有倒，市场附近却来了一场不小的风暴。市里整顿环境，如疾风扫落叶一般，除了阿茂的店屹立不倒，附近几家不正规的发廊销声匿迹，连带麻将馆与不卫生的理发档。

人们交头接耳，小声议论，继而又恢复平静，头发仍然长，长长了就得理，先是一两个人，慢慢是几个十个，后来大家鱼贯而入，都走进了阿茂理发店。

价格是贵些，但服务真的不错，有人理完后竖起大拇指，夸这钱花得值，果然是一分钱一分货。

有人则连说，这里的卫生好，干净舒服，理个发比按摩还舒服，是真正的享受。

大爷们也来了，收敛先前倚老卖老的霸气，遵循店里的规则，不在室内抽烟，不乱吐痰，不大声喧哗，一个个神情紧绷地进门，一个个眉开眼笑地出门。

时光荏苒，有的年轻人老了，有些老人则慢慢消失，市场里走过一批又一批客人，阿茂理发店的招牌却被时间的雨水洗刷得越发闪亮。

◀ 上岗

冬日早上，羊城正遭遇难得一见的寒流，老徐骑着自行车赶到地铁口，他要去市区面试一份保安的工作。他家离地铁站远，得先把自行车停在地铁口附近，然后再转车。

还没到地铁口，就看到路口和空地早已停满密密麻麻的电动车和自行车。他眼瞅着没停车位，就往前再骑了骑，想把车子停到地铁口的过道处。刚把车停下，就听到背后传来声音："老徐，你得把车停到对面路口的空地。这里是过道，不能停。"老徐一扭头，认出穿着红马甲的老头，是以前的老同事老贾。他嘿嘿一乐，说："对面那么远，一来一回多麻烦，停这里就好，不碍事。我很快回来。"

"不行！防火通道不能乱停乱放。"老贾很认真。老徐眉头一拧，心里不乐意了，认为老贾摆谱，哼了一声，说："别在我面前摆架子，谁没干过这行呀！你现在在这里上班吗？穿着红马甲，有人给你发工资？"

老贾笑笑，说："没有。做志愿服务，有点餐补。"

"这你也干？"老徐回道，"找不到工作，也别让自己吃亏呀！这么冷的天，不给个百八十块，别想让我干活。"

老徐和老贾以前就在地铁口附近上班。那边靠近居民楼，有块空地给人租下改作停车场。很多上班族的自行车、电动车就停在那里，老徐和老贾专门负责看管和收费，一天两班倒，一人十二小时，轮流着上夜班。前不久，新的地铁线路通到这里，得改建地铁口，征用了那边的空地，老徐和老贾就跟着失业了。

"反正没事，闲着也是闲着，就来帮帮忙，也不辛苦。"老贾说，"麻烦你多走两步，停那边去。别让我为难。"

"那好吧。不让停这里，你就帮我停过去吧，我赶时间去面试。"说着，老徐把车钥匙扔给老贾，头也不回，大步流星朝地铁跑去。

老贾没过多言语，默默将车骑到空地。

等到下午太阳快落下去的时候，老徐才从地铁口爬上来，见到老贾坐在不远处的台阶等他。老徐接过钥匙，摇摇头说："你个老贾，还是死脑筋，不会打电话给我呀。我有备用车钥匙，你何必在这干等呢？告诉我车放哪里就行了。"

老贾笑笑，没有一丝不快，说："没事，闲着也闲着。"

老徐摇头暗笑，觉得老贾真是愣，愣到家了。老徐转身去提车，两人分道扬镳。

半个月后，老徐还是没找到工作。他心急如焚，这天又骑着自行车来到地铁站，想去劳务市场看看。

一到地铁口附近，就感觉周围大不一样。车辆停放整齐，地面上规划了临时停车位，路口还设置了停车场的标识牌。老徐顺着标志牌的方向，一路骑过去，就看到那个熟悉的身影正坐在岗亭下悠闲地看着报纸。

　　"哎，老贾？"老徐喊道。

　　"来停车啊？好。"老贾笑。

　　"你在这上班？"

　　"是，上了快半个月了。"

　　原来，街道领导见路口停车混乱，常造成拥堵，就重新规划了停车场，又见老贾干活负责、任劳任怨，就聘请他当了车辆看管员。

　　听完老贾娓娓道来，老徐瞪大双眼，一时之间陷入迷茫，不知道是该说老贾傻人有傻福呢，还是骂自己傻！

　　——原文刊于《南方工报》2024 年 5 月 10 日

◀ 捡漏

秋高气爽，王姨的心情比天气还要好。

她哼着小曲，一路急走，从市场往家里赶。快到小区门口时，一个趔趄，脚下差点没站稳，心下一紧，不着急扶稳，倒像是怕把怀里搂着的东西摔坏，紧紧抱住包裹，发现没大碍，脸上才又露出笑容。

早上，王姨去菜市场闲逛，在市场口见到一个衣着朴素的女人在摆地摊，走近一瞧，脏兮兮的黄布上零零散散摆放着几十个物件，有大有小，有新有旧，有点残缺的酒壶、发黄的画轴、纸镇、小佛像、花瓶、砚台等。王姨来了兴趣，蹲下来琢磨，不时拾起这件，拿起那件。

"都是好东西啊，阿姨。"摆摊女人脸色黝黑，客气地招呼道。

王姨没答话，低着头，眯着眼聚精会神地把玩，她有点后悔出门没带老花镜。过了一会，王姨终于相中个小东西，她捧在手心里问女人："这首饰盒多少钱？"

女人眼神似乎有点羞涩，答道："阿姨，我也不懂。这些东西，都是我男人收废品收回来的，想着来卖，换点钱贴补家用。你要觉得好，就给五百吧。"

王姨看了眼女人褪色的衣服，没有马上还价，自言自语道："品相可以，包浆也不错。我就是拿不准花纹盒子上这盖是牛骨还是竹子，若是牛骨还值点钱……这样吧，200怎么样！"

女人望了盒子一眼，重重点点头，说："行吧，阿姨，看来你是行家啊。我给你包起来吧。"

"这乡下女人看来真不懂啊，我说竹子那是骗她的。万一这盖是象牙的，那得值老鼻子钱了。"王姨心里得意，暗想道。其实她就是一个普通退休职工，根本没有古董收藏的知识。最近两个月，她迷上了一档古董鉴宝的节目，追了几星期，她觉得可以出手试试。

趁着女人拿报纸包盒子的空隙，王姨又拿起旁边一个瓷器来欣赏。

"阿姨，你要是看上这个烟灰缸，就一起拿走。"女人趁热打铁。

王姨笑了，脸上闪过一丝轻蔑的表情，说道："这不是烟灰缸，这是笔洗，古人用来洗毛笔的。瞧见上面的仕女了吗？"

"那几个女人看着像电视里的日本女人。"女人憨憨答道。

"你又外行了吧。不是日本女人，那是唐朝女人，不过唐朝以肥为美，这几个仕女都显瘦，所以不是老货，应该是个仿制工艺品，不值钱。"王姨嘴上这样说，手上却没有放下，又说道，

"不过我挺喜欢这个样式，买回去留着过年当花盆，种水仙！多少钱？"

女人不好意思笑笑，说："你懂行，喜欢就开个价拿走。"

王姨麻利伸出一只手掌："50！"

"成交！"女人收了钱，很快就包好了两件东西。

王姨抱着买回来的东西，一路走一路想："听声音，笔洗应该是乾隆珐琅彩，我故意说是仿唐朝的假货，把她唬得一愣一愣。这回还真让我捡回漏了。"

回到家，她一推开房门，见外孙女在客厅玩着手机游戏。她喜上眉梢，说道："快来看，乖宝宝！我送个宝贝给你。"

没等外孙女反应过来，她就滔滔不绝说起早上淘宝的经历。

女儿和女婿闻声，从房间走出来。女婿瞥了眼摊在桌上的东西，不屑道："地摊上的东西不要买，一来不卫生，二来都是假货！"

"不可能是假，我研究好久，你们瞧瞧这盖，我赌是牛骨，可要是象牙的，保守估计得值十万块，你们看着做工这手艺……"王姨一听，立马不高兴了。

"真古董怎么会在地摊上卖？好东西还轮得到老百姓？别天真啦。"

"淘宝淘宝，不淘怎么得宝？宝贝都是淘出来的，我这是捡漏！"

"哪有那么多漏可捡。"女儿也劝道。

"反正我喜欢，我还要把这两件东西留给外孙女，给她当传家宝，再过几十年，就更值钱啦。刚才我还看到一个乾隆的黄玉印，可漂亮了，那颜色，黄得……明天我再去逛逛，看能不能……"王姨越说越得意。

女婿眉头紧皱，女儿干瞪眼。

眼见三人就要吵起来，伶俐的外孙女在旁边说道："你们都别争啦，是真是假一扫便知。"说着，孙女在手机上点了几下，调出网上商城的程序，用扫图识物的功能，对准首饰盒一扫。

叮！

"有了！外婆，网上有得卖，19块一个，还包邮！"外孙女说道。

王姨的心咯噔一下。

外孙女对准瓷器再扫"叮！"

"这也有，批发价，5块一个。"

王姨脑子突然嗡地一下，她瘫坐到沙发上，一脸怅然。首饰盒从手边滑落，重重摔在地上，盒盖摔成两半，露出了白色的塑料断面。

当然，不用想着去市场找卖家了。

王姨走后没多久，地摊女人就收了摊，走到附近停车场，从自己的汽车后尾箱里又拿出一个笔洗和首饰盒，打算换一个地方再摆，等待她的下一个"漏"。

◀ 城里的阳光

嘉耀躺在河滩边的草地上，一顶草帽盖住脸，悠闲地晒着太阳。冬日的暖阳晒得人身子暖暖的，很舒服。张老汉站在不远处抽烟，看着儿子的模样，摇摇头，有些想不通，他不明白儿子咋这么喜欢晒太阳。

年尾，儿子嘉耀从城里回来。闲着没事，儿子就喜欢拉把椅子坐在墙根处晒太阳。"你就不怕晒黑了？" 张老汉问儿子。儿子答："晒不黑。乡下的太阳不用钱，多晒晒，杀菌消毒，怪舒服的。"

张老汉觉得可笑，城里难道没太阳？难道城里的太阳就要钱？还不是同一个太阳！小时候的嘉耀虽说是农家子弟出身，可很讨厌顶着烈日干活。干农活时的日头毒，张老汉趁机教育孩子读好书，长大了去大城市生活，不用再过面朝黄土背朝天的日子。嘉耀挺争气，读完大学就在城里上班，还是在跨国网络公司，业务繁忙。

张老汉打心眼里替儿子高兴，好几次想去城里探望，看看他生活的城市，可一直没成行。

过完年，一场意外让张老汉不得不去到儿子工作的城市。那天吃过饭，他觉得腹部隐隐作痛，一直没有缓解的迹象，有愈演愈烈之势。嘉耀忙送去医院检查，一番折腾下来，医生说小地方的医院治不了，得赶紧往省里大医院送。救护车火急火燎把一家三口送到了城里的大医院。

经过及时诊治和手术，张老汉的病情稳定下来。休养半个月后，张老汉还得做一次化疗，暂时不能回乡。出了院，坐在轮椅上的他被儿子推着，和老伴住进嘉耀租在城中村的出租屋。夜色皎洁，他们穿行在狭窄的巷道里，张老汉抬头看了眼头顶昏暗的路灯和密密麻麻的线路，皱眉问儿子怎么租在这种地方？

"这里离公司近呀！坐地铁也方便。一天能省下不少通勤时间。要是住在郊区，每天坐车来回都得两小时。我们很多同事都住这。"嘉耀答道。

出租屋没有电梯，上楼后，张老汉就没下过楼，天天待在房子里。楼里光线差，得整天开灯。苍白的日光灯照得墙壁一片白，白得张老汉心里瘆得慌，仿佛又见到手术台上的无影灯。

张老汉有老伴照顾，嘉耀便去上班，早出晚归，经常加班到深夜才回来，第二天又早早出门。张老汉看在眼里，心疼不已。

"难怪儿子那么喜欢晒太阳，一天到晚忙，估计都没机会见到太阳。"张老汉对老伴说。

大病一场，张老汉像田地里没照到太阳的病怏怏的幼苗。等到复查完，张老汉就立马坐车回家，不顾嘉耀的一再挽留。

回到熟悉的家，张老汉的身子慢慢恢复了过来，如同阳光下舒展开的花朵，生机盎然。

一缕阳光跳上窗台，张老汉已可以独自走出屋子，慢悠悠到墙根下坐着晒太阳。一想到忙碌的儿子，就掏出手机，想给嘉耀发条语音，劝他少加点班注意身体，或者搬个好点的住处。

就在信息要发出那一刻，儿子的微信也发过来了。

"爸，我刚去售楼处交了定金了。"嘉耀说道，"今年终于攒够首付买了一间房，给您们看看新房的环境。"

视频里，房子坐北朝南宽敞明亮，最耀眼的是，阳台上那一片白花花的阳光。

好啊！好啊！张老汉边看边点头，心里渐渐亮堂，儿子终于通过努力买到了楼房，有了阳光滋润，作物才能站稳脚跟！

——原文发表《三亚日报》2024 年 4 月 29 日

◀ 月老的红线

过完年，小霞从家乡回来，精神就变得很低落，工作老不在状态。同事们都察觉出异常，珍姐关心询问，小霞才道出困扰：原来春节回家，她和相恋多年的男友分手了。

小霞的异地恋，很多同事都知道。在家乡，小霞和男友青梅竹马，一起读书长大，读大学时两人就确立了关系。可毕业后，读师范的男友应聘上家乡的学校回去当老师，而小霞则留在羊城的单位上班。

他们讨论过很多次距离的问题，也想过去改变现状。男友有父母要照顾，教师的职业也比较稳当，小霞的专业在家乡没有合适的岗位，回去又会无所适从。两人都不希望对方委屈自己，就这样，两人保持着异地恋。男友工作忙，难请假，月末的时候，经常都是小霞坐车回家乡看望男友。小霞开玩笑说，自己的工资都拿去贡献车费了。虽然感情维系辛苦，小霞却没有抱怨过一句。本以为会继续维持这种状态，谁知过年的时候，男友告诉她，家里给安排了一位当地的相亲对象，他见过后感觉不错，吞吞吐吐间说出了分手的意思，还表示分开彼此都好，是不想耽误小霞。

"月老把我的红线剪断了！我没事，现在还在过渡期，过几天就好了。"小霞挤出一丝苦笑，对珍姐说道，也是在内心安慰自己。

坐在小霞对面的阿辉听到这句话，把头埋得更低。他没有任何言语安慰，只是在行动上默默支持小霞，主动把小霞要干的活揽过去大半，陪小霞吃饭，隔三岔五给她带好吃的，下雨天送伞，遇到加班开车送她回家。

珍姐见到阿辉的殷勤劲，打趣说："阿辉人不错，可以考虑考虑。"

小霞听了不好意思，连连摇头，说："我一直把他当弟弟。"

"人家就小你一岁，当什么弟弟呀！忘掉一段恋情的最好办法，就是开始另一段新的恋情。"珍姐说。

"阿辉一直都是暖男，对所有人都一样热情！你就别乱点鸳鸯谱，或许人家根本对我没意思呢？让人家误会我自作多情可不好！"

说说笑笑间，小霞的心情好了不少，似乎在渐渐走出失恋的痛苦。

月底，阿辉负责团建，张罗同事们去肇庆鼎湖山旅游。在爬山的时候，阿辉指着山腰的庙对小霞说，在包公祠后面还有座月老庙，听说很灵验，非拉着小霞去那里拜一下。小霞半推半就来到月老像下，扭捏着要掉头。

"月老剪断了你的红线，你可以自己再绑一条。"阿辉说着，不知从哪里掏出一条红绳，绑在了小霞右手腕上，说："快拜一拜吧！"

拗不过阿辉的热情，小霞便在月老像前许了个愿。

第二天早上回到公司，因为昨晚回来得晚，小霞睡过头，连早餐都没有吃。阿辉得知后，立马手机下单买了份早点。

没一会，阿辉就急匆匆拿着外卖从楼下上来，送到小霞桌前，小霞正俯下身子要打开柜子拿文件，一抬头一不小心，小霞的头发和阿辉的手碰到一块，她的头发不知缠住什么，居然动不了了。

"别动，小心别扯掉头发。"阿辉小心翼翼在她头顶忙活。

小霞侧脸斜眼偷瞥，意外地发现，缠住自己发卡的居然是阿辉手腕上一条和自己一模一样的红色腕绳。小霞在月老祠外的小店看过，红绳一般都是一对，男左女右。

"咦，你也有红绳？"

"月老不帮我绑绳，我就自己绑。我昨天也求了一条。"阿辉的心且慌且跳，不好意思地笑了，和小霞一样，脸上都浮现两朵红云。

◀ 味美甜小姐

羊城的街头巷尾，小学门口或市场附近，总会见到几个穿着统一制服，戴着一样遮阳帽和手套的阿姨，骑着自行车在售卖一种叫味美甜的奶味饮料。据说这种销售模式是从国外传过来的，街坊们亲切地称呼她们为"味美甜小姐"。

今年初，四十来岁的王阿姨在朋友的介绍下，加入了"味美甜小姐"的行列。她看中这份工作主要原因是工作时间短，相对自由。每天早上，送完孩子去幼儿园，她就赶到家附近的配送中心，装好饮料，就去指定的区域游走售卖，不到下午三点就可以卖完，正好可以接孩子放学。而且，这份工作也不需要高学历，只要勤快，虽然要风吹日晒，偶尔还得被雨淋，看似辛苦，但赚的钱不比其他工作少。王阿姨以前在乡下种过田，来城里干过服务员，在工厂上过班，什么样的苦活累活都干过，相比之下，她觉得"味美甜小姐"的工作轻松许多。

"味美甜小姐"的收入靠的是微薄底薪加提成的方式，卖得越多，挣得就越多。所以，王阿姨特别勤快，想卖更多的味美甜。

从配送中心出来，别人三三两两结伴而行，慢慢悠悠，稳稳当当骑着自行车，边走边聊。王阿姨不跟人多聊，飞驰而过，车架后边的大箱子跟空的一般，上坡下坡都风风火火。同事们都劝她慢点，当心别摔倒了，摔坏了箱子里的饮料，得不偿失。

"我以前在乡下，一辆老式单车能驮上百斤粮食，从没出过意外。"王阿姨笑着答道，跟同伴们道别。

在负责的区域，她一早就熟悉那里所有的地形，摸清街巷路口，知道哪里人多哪里人少，哪个时间段人流最旺，小孩子最多，如数家珍。王阿姨口齿伶俐、待人热情，很快就和街坊邻居们打成一片，尽管各大超市和小店里都有售卖味美甜，价格也是统一的标价，但大家更喜欢跟王阿姨买。

王阿姨把客户当亲人看待，没零钱可以赊账，第二天再给；有时顾客只要一瓶味美甜，她都愿意送货上门。她还与时俱进，利用微信和手机联系顾客，派宣传单的时候写上自己的手机号码，请大家添加自己为好友，有订购味美甜的需求可以提前告知。

就这样，入职第一个月，她就成为了分公司的销售冠军。伴随着业绩的上涨，她的肤色变得更深，肌肉也更加结实。

组长没有多高兴，只是嘱咐她注意安全，多休息。王阿姨没来之前，组长是分点的销售冠军，现在风头都给王阿姨抢了去。

王阿姨嘴上答应，心里却想，只有勤劳才能多赚钱。她越来越卖力，别人一天最多卖一箱，她每次都要拉上两三箱，压得单车轮胎都扁了。她仍坚持努力，像一头不知疲倦的老牛。

过了几个月，王阿姨发现一个奇怪的现象，顾客们订购饮料的需求下降了。经过观察，王阿姨弄明白了。最近兴起了社区团购，只要手机下单，足不出户，顾客都可以在半个小时内收到订购的货物。

　　望着在小区里飞驰电掣的外送小哥，王阿姨心里有些不服气。几经思考，她咬咬牙，拿出一笔钱，购置了一辆崭新的电动自行车。

　　有了电动车，货可以拉多点，送货的时间和区域也可以大大加速和扩大，王阿姨心想。

　　几天后，王阿姨开着新车出现在配送中心。

　　组长一见到她的身影，脸色一沉，拉过王阿姨，说："你就不能跟别人一样，骑着单车慢慢卖吗？"

　　王阿姨笑着说："多卖点货为公司多做贡献不好吗？"

　　"一点也不好！"组长没好气地说，"我们要求统一的车辆、统一的服装，穿街走巷，在社区里转悠，并不图多卖几瓶，而是需要我们帮品牌做活广告，你车子开那么快，别人看得清吗？如果再这样，从明天起，你不用再来了。"

　　王阿姨愣在原地，泪水在眼眶里打转，她不明白，勤快难道也有错？

　　这时候，总部经理来开例会，一进门就摇着手机，兴奋地对王阿姨喊道："你成网红了，祝贺你啊！"

　　众人立马围过来观看经理的手机。原来王阿姨忙碌的身影被视频博主盯上，一路跟拍，王阿姨热情的笑容和顾客们喝到饮料的满意表情，都被悉数录入镜头中。

经理夸道："大家都要向王阿姨学习啊，多卖产品，积极服务。总部决定，将会为大家免费配备电动车，方便大家带货卖货，更好地服务客户。还有，王阿姨，下个月将在隔壁街道新开一个分点，准备安排你过去当组长……"

听到这里，王阿姨幸福的泪水终于忍不住滑落下来。

——原文发表《潮州文艺》2024年第2期

◀ 涌边菊灯
....

　　一入秋，涌边的菊花田里就会亮起数以千计的钨丝灯，形成一片灯海，如繁星点缀在深黑的天幕里，蔚然壮观。

　　伟强跟着表叔来这里耕作半年，租种当地农民荒弃的菜田作花圃，专门种植各种观赏菊花，有日本菊、湾红、金黄菊等。为什么要在菊花边上树起竹竿，持上一盏盏的夜灯呢？

　　"是为了抑制花苗生长，加大光照的时间，就能延缓花芽的发育，使其延迟开花，从而延长菊花的花期，花匠便能让最美的花在最适当的时间开放，卖出最好的价钱。"表叔耐心地解释道。

　　于是，每晚六点后，替花田打开灯，便成为伟强日常工作中最必不可少的一环。

　　涌边虽地处市郊，但花田灯海的浪漫让无数城里人趋之若鹜、不辞辛劳，辗转两趟公交车前来观赏。情侣们手牵着手漫步在田埂间，窃窃私语；也有一家大小合家欢，在花间嬉笑散步；最令伟强感到心烦的是一帮肩扛着三脚架，脖子上挂着大型相机的摄像发烧友们，摆好架设，常摆拍上一两个小时。

仵在路中间的摄影师们常阻挡住伟强巡视的路线。

"有什么好拍的？这里又不是景点，凭什么让他们进进出出？"伟强对表叔建议道，"要不咱们把花田围起来，收费。一个收他五十块，看谁还来。"

表叔摇摇头，问，"咱们种花做什么？不就是给人欣赏，让人瞧嘛。既然他们喜欢，就让人家拍，只要不摘花、不损坏花田便可以。"

花美吗？伟强耸耸肩，不以为然。兴许是对着花的时间太久，有点审美疲劳了吧。他看不出这片花海到底美在哪里。他只想着能让花早点上市，好换回钱来，早点回老家过年。只有跟表叔学会种花的手艺，赚到钱娶上一门好老婆，才是真的美。

一晚，伟强在花田边上的水沟里引水。突然听到身后传来一记惨叫声，伴随着扑腾的水声。坏啦，有人掉旁边的小溪里啦。

他忙扔掉锄头，三步并作两步走，拉起在浅水里起不来的姑娘。幸好常年灌水入田，溪水位不高，不过姑娘身上的衣服裤子都沾上了污泥。

"幸好相机没掉到水里。"姑娘一脸高兴，站到田埂上检查起放在岸上的背包。她刚才在溪边摆放三脚架，刚寻好一个完美的角度，谁知左脚踩空，身体失衡掉到了水里。表叔好心借出工棚给她清洗一下。姑娘感谢两人的好意，攀谈之下，伟强得知她是市日报的记者，奔着美景而来，没想到出师不利。她草草擦拭一番，没有更换的衣物，只好打道回府。

送走姑娘后，伟强听到工棚里传来一阵陌生的手机铃声。他寻声而至，捡起手机一听，原来是姑娘不小心落下的。姑娘得知是掉在菊田，略感放心，还告知他这是一部备用手机，先请他收起来，有时间她就回来拿。

一连等了两晚，都没有等到姑娘前来。伟强差点忘记这个事情时，手机又响了。还是姑娘打来，她说这几天工作忙，没时间过去，还说明天版面需要用到一张菊花的图片，恳请他帮忙用手机拍几张传送到她的微信上。

拍了几张，传送过去，姑娘都说不行。便隔着微信指点，姑娘手把手地教他取角度设曝光，手机都玩出了专业相机的风范。伟强觉得新鲜，按照指示，边拍边学，终于完成了姑娘的任务。

就这样，伟强与姑娘熟络起来，姑娘还认真地记下他名字的写法。过后闲着无事时，伟强便会用手机拍上几幅照片请姑娘指点。照片越拍越好，伟强也渐渐觉得菊花和灯海越来越美，怎么拍都拍不厌。

这一天，姑娘来信息说在附近的地铁站采访，请伟强方便的话，帮忙送手机过去，还说为了感谢他，还有一份礼物相送。

伟强可不是贪心姑娘的礼物，也不用别人感谢，只是想着物归原主。转了两趟车，伟强到了地铁站前。刚走进站口，他的眼前忽然一阵亮堂，不远处的广告牌下正站着笑颜如花的姑娘，而在灯光衬托下的广告牌上贴着一张熟悉的照片，照片里是一朵在夜灯下绽放的美丽菊花，右下角还有一个大大的署名：伟强。

那是一份经他的手拍出的美丽景色，他瞧得目瞪口呆。

◀ 残局

一大早，侯子在市场外的空地摆象棋残局。象棋残局本是学习象棋的一种技巧，却被居心不良的人利用，渐渐沦为一种江湖骗术。

残局一般都有固定的套路，骗子只要熟练掌握每步棋的步骤和变招，就可以立于不败之地，最不济也能混个和局，不至于落入下风。侯子儿时跟喜欢下棋的父亲学过一段时间象棋，他虽然聪明，可性格急躁，没学出成绩，但胜在记性好，知晓些棋路，记得住招式，就干上了摆残局的骗钱营生。

残局摆在侯子跟前，他嘴里叼着烟，一副轻松模样，吆喝道："残局对弈，一局一百，赢棋者下一得三！"

"我来和你玩一盘！"一位白发老人蹲了下来。

"好嘞，大爷。我这下棋得下本钱，最少一百块，你赢了，破了我的残局，我赔你三百，输了你这一百就归我了。"侯子笑道。

"不，输了我钱照给；赢了，我不要你的钱。只要你答应我一件事！"老人说道，"如果你输了，就别再干这事，找份正经工作，好好干活。"

侯子上下打量了老人一眼，想了下，立马痛快答应下来。一来老头的要求对他没有任何约束力，二来他觉得自己不可能输。

没想到，几招下来，侯子竟然输了。在街边摆残局这么久，头一回败下阵。

"行，愿赌服输！"侯子朝老人拱拱手，收拾东西，拍拍屁股走人。

侯子边走边想，一定是自己刚才走了神，让老头钻了空子，赢了棋局。他心里不服气，加快脚步，又去到市场的另一个门，继续蹲坐在路边，准备摆好残局待客赚钱。

"残局对弈，一局一百，赢棋者下一得三！"侯子边摆棋子边喊道。

"我再和你玩一盘！"那位白发老人如鬼魅随行，不知从哪里钻出来，蹲了下来，在棋局边扔下一百块钱。

侯子看清来人，有点尴尬。

老人摆摆手，说："还是老规矩。我赢了，你就得金盆洗手，不能再反悔了。"

侯子见骑虎难下，便打起精神应战，这一次，他摆了一个新的残局，这个残局他记得滚瓜烂熟，自觉胜券在握。

两人你来我往，杀将开来。残局杀到最后，侯子一方已无回天之力。侯子不再挣扎，把地上的钱恭恭敬敬递还给老人，说："今天我算是遇到高人了，甘拜下风，我认输！"

老人含笑不语。

侯子收拾好棋纸棋子，打算开溜。

老人开口了，说："这一次，你得把棋局留下，不能再打一枪换一炮了。"

侯子一愣，脸上挂不住，只好把收拾好的棋子一股脑儿扔进了街边的垃圾桶里。出师不利，没赚到钱反而连吃饭的家伙都被别人毁了，侯子一下子没了心情，在外面瞎逛了半天，思来想去，记起父亲那里还有副老象棋，想着回去拿来顶着用。

下午，侯子刚走进老宅，便听到父亲正和人在客厅里下棋。噼噼啪啪的下棋声，伴随着老人的笑语。

一打照面，侯子呆了，和父亲下棋的居然是早上破了他两回残局的白发老头。

"来，儿子，快跟良叔问个好！"父亲招呼道，"你良叔可是象棋高手，人家没退休前是省象棋队的队长，拿过好几回全国冠军的。"

侯子讪讪一笑，说："良叔确实是高手，我领教过了。"

白发老头摆摆头，答道："过奖了过奖了。你爸才是谋局设局的高手，为了让你小子洗心革面，他专门去我家里请了好几回，非要找我过来破了你的残局……"

——原载《福州日报》2024 年 7 月 21 日

◀ 共享致富路

从羊城来的驻村干部李健正在办公室里写总结报告,越写越得意,心中哼起小曲。今年村里的喜事太多了,一是蜜柚又到丰收的季节,二是山后新开了一条公路,通过新路去邻县,能省一半时间。将来收获的柚子不需要再绕大弯才能送出去,能替村民省下不少时间和钱。

这时,房门被敲开了,进来的是村里的种植户小张。小张一脸忧色,对李健说:"李干部,跟你反映个事。山那头新开的公路又坏了,你得……"

"走,快载我去看看。"李健合上电脑,出门坐上小张的车,一路朝着山后开去。

到了隔壁村附近的路段,李健看到路基四碎,水泥路中央还凹陷几处,遇到下雨天,必定坑坑洼洼。如果不及时处理,运输柚子时肯定会出麻烦。碰伤了柚子,卖不出好价钱是小事,就怕司机一个不小心,造成交通安全事故。

他们停车在路上走了走，发现只是靠近黄泥村的两百来米路段损坏得比较严重。

"问题不大，得赶紧找人来修。"李健说。

小张满脸不悦地说："问题大着呢，找人修肯定又便宜了黄泥村的人。"

"这话怎么说？"李健不解。

小张解释起来："这是小工程，人家城里的建筑队肯定不来，修修补补就找附近村里的村民干，上回修路也找的他们。我看啊，路被毁就是他们搞的鬼，只要路一直坏，他们就能一直修，是条'发财路'。"

"没凭没据的话，可不能乱说。"

"前两天，咱们村有人夜里开车回来，就看到黄泥村的人站在路边，手里还拿着铁锹、撬棍，夜里干活，肯定不是什么好事。"说着，小张掏出手机，点开一张模糊不清的照片给李健看。

李健望着手机，陷入沉思。

"走吧，先回去。修路的事得打报告申请资金，我还得找个专家来实地看看。"李健说。修路本来不是他负责的事，可他担心影响柚子的运输。

半个月后，第一批柚子成熟了。

李健捧着一大箱柚子来到黄泥村村委会。村长老黄跟李健开会时打过几次照面，彼此熟悉。

老黄是个直肠子，一坐下，就问："李干部是为修路的事情来的吧？"

李健点点头，没否认。

"好说，只要工钱批下来，我马上组织年轻人去修。"老黄说。

李健答："你不用着急，先听我说。前两天，我带县里的专家来看过……"

"修路需要什么专家啊！"

"可这路三天两头坏，如果有人蓄意破坏道路，犯的可是刑……"

"路坏……不是我们的问题，是路上走的车太多，装的货太重，给碾坏的。"老黄脸色有点尴尬，继续支吾，"你别从城里请什么专家啦，一个专家的钱顶我们好几个人的工钱了。我们村不比隔壁村，风水不好，种不出甜如蜜的柚子，只能干干力气活，赚点修路钱。"

黄泥村种不出好柚子，李健第一回来的时候就听说过。就一山之隔，一个村在山阳，一个在山阴，种出来的柚子竟天差地别。对比之下，黄泥村的柚子没人要，自然不再种植。

"我知道你们这里不适合种柚子，所以这次我专门请省城的专家，就是来给你们的土'把脉'的。土样我也送检了，专家建议可以种巴戟，绝对能丰收！"李健倒豆子般全盘托出。

"你说……种巴戟，你请的专家……不是修路的？"老黄不敢相信自己的耳朵。

李健笑着点头，说："没错，其实巴戟种好了，收益不比柚子差，也是一条不错的致富路。还有，我已经跟上级申请，打算明年来你们村驻点，帮忙扶持开发巴戟产业。"

"这……敢情……好啊！"老黄忙不迭点头。

李健说着，递给老黄一个鲜亮的柚子，说："接下来，我们再谈谈修路的事……"

"不用谈，路我们马上开修，免费修，一定要修得结结实实。"

"一言为定！"

"好，以后我们就分甘同味。"老黄掰开一半柚子，递给李健。

李健笑着接过，答道："应该说，共享甜蜜生活。"

"对对对！"老黄拍了下脑袋，连连点头，说，"共享甜蜜，共享致富路。"

——原发《南方工报》7月12号

◀ 卖鱼胜

今天，是卖鱼胜最后一天在菜市场卖鱼，过了今天，鱼档就彻底交给儿子阿灿和儿媳妇打理。

"以后就清闲啦，含饴弄孙，去公园唱歌跳舞。"相熟的客人等待卖鱼胜劏鱼的时候开玩笑道。卖鱼胜嘴角微笑，摆摆手，嘴上不承认也不否认，扯袋装鱼，顺手塞两根小葱，递给顾客，动作行云流水、浑然天成。

卖鱼胜在羊城中市卖鱼卖了60多年，一年到头，除了过年休息三天，或遇上生老病死的大事，基本没有停歇。待客礼貌热情，为人实在，从不缺斤短两，是市场里出了名的诚信经营户。

前不久，电视剧《狂飙》大火，市场里的其他摊主调侃卖鱼胜，说风浪越大鱼越贵，如果卖鱼胜年轻时跟高启强一样去外面闯闯，说不定现在也是大佬级别的人物。卖鱼胜习惯笑笑，不以为忤。

高中没考上大学，同学小刀就曾邀请他合伙做生意。小刀家世代渔民，家里有船，有朋友给小刀介绍了一条发财的好路数，从香港走私小家电进大陆，那时候供不应求，一转手就能赚几倍。

卖鱼胜知道走私违法，心中忐忑，犹豫许久都没答应，小刀便不等他，另寻人合作。卖鱼胜只能跟了老实巴交的父亲学卖鱼。

没多久，小刀就赚大发了，小渔船换了快艇，河边的小平房推倒重建成三层的小别墅，亲戚同学们眼红不已。卖鱼胜自然也后悔莫及，可没等他再和小刀商量入伙，就听到噩耗：小刀在夜里走私香烟，为躲避海关追捕，快艇撞上礁石，船毁人亡。

卖鱼胜暗自庆幸没跟了去，渐渐打消了捞偏门的想法。

思绪回到鱼档。儿媳妇在旁边处理一条黄鳝，黄鳝有黏液，滑溜溜的身体，儿媳抓了会都没抓稳。卖鱼胜看不下去，伸出手，拇指食指稳稳拿捏住黄鳝头，一把摁在木板的铁钉上，刀片利索地开膛破肚。

人生的机遇有时就像一条条黄鳝，没有老道的经验，机会往往在指尖滑走流逝。

90 年代初，证券股市公开发行，上百万人涌入深圳抢购股票，中市场里很多人也跟着动了心思。卖鱼胜卖鱼省吃俭用积攒下一笔钱，本想着和猪肉荣一起去买卖原始股。妻子一番话让他停住了脚步，他们刚结婚，要用钱的地方很多，买股炒股是新兴事物，谁知道水深水浅，万一亏了怎么办？钱还是存银行里保险，可以留着给孩子将来读书。

猪肉荣胆子大，把全部家财都投入股市中，不出两年就赚得盆满钵满，猪肉生意不做了，改行投资，什么行当赚钱就投资那行，后面又炒基金、外汇、黄金，最后成了房地产大老板，炒起房子来。猪肉荣成了时代弄潮儿，一身肉臭换了铜臭，妻离子散，老婆陆陆续续换了五任。听说住在养老院的猪肉荣去年被最后一任、年轻三十岁的太太转走了大部分流动资金，公司剩个空壳和外面的巨额债务。

朋友们聊及猪肉荣的起落，卖鱼胜心有戚戚。

说实话，卖鱼胜心里有过羡慕，但更多时候，他明白是自己的性格使然，没办法跟别人一样出人头地。

二十年前，村委会承包菜市场，村长看重卖鱼胜干活老实、处事周到，便让他当市场管理员。

卖鱼胜一接手，制定新的市场规章，规范商户经营，搞好各个区域的卫生环境，不欺行霸市，要求明码标价。中市场口碑一下子上去，一跃成为羊城闻名物美价廉的农贸市场。

第二年，村长被提拔到市里某个单位任职，他有心栽培卖鱼胜，想着把卖鱼胜一同带过去先当个合同工，后面看机会转正。

卖鱼胜自从当了管理员后，事务繁多，常得罪人，加之没时间照顾家人，老婆颇为微词。卖鱼胜不想在职场上发展，仍觉得做生意自在。

管理处换了领导，卖鱼胜重新回到市场里卖鱼。

老村长的仕途一帆风顺，连调几个机关，官越做越大。没曾想，临近退休却晚节不保，给人举报贪污受贿，银铛入狱。消息传开，友人又替卖鱼胜庆幸，评说幸好卖鱼胜没上了村长那条船，不然殃及池鱼。

卖鱼胜听了，依旧笑笑。

这辈子没有大富大贵，也没有大起大落，如今温饱无忧、儿孙满堂、家庭和睦。他弄不清，不知道自己算胜还是败呢？

◀ 牛王

羊城西关住着一位痴迷于用牛肉做食材的王老板，羊城人称其"牛王"。

王老板儿时住在乡下，耕田为生，养有几头牛。小时候的王老板经常在放学后得负责割草喂牛，周末上山放牛。对于牛，他有一种天生的喜爱。

成年后，王老板进羊城打工，见羊城多美食，羊城人爱吃好吃。有了点积蓄后，就自立门户，买了部手推车，在街头巷尾售卖起牛杂来。

牛杂，全称牛杂碎，也是北方人说的牛内脏总称，有牛肚、牛肠、牛肺、牛肚、牛筋、牛百叶、牛心等等。羊城人称牛杂是"下栏"，等同于"下水"，相对于肉一类的上栏而言，算比较下等的食材，价格相对肉类也比较便宜，当时有钱有身份的人不喜欢吃牛下水，有些人还将内脏一类当作污垢不洁之物，予以舍弃，多为低层劳苦大众购买。王老板用小成本购回牛杂这等下等料，处理干净，加入香葱、八角、香叶、桂皮、姜、蒜、酱油等制作卤水的佐料，匠心独运，加入白萝卜调味，配以独家酱料，经过他的妙手巧制，俨然成为一味地道名小吃。口碑口耳相传，没两年就赚得盆满钵满。

其他人见牛杂档生意好，也跟着做这门生意，羊城街头的牛杂档如雨后春笋。这时，王老板早已鸟枪换炮，租下大门面，入屋扩大经营，开起牛杂牛肉火锅店。此外，更引入汕头的手工牛肉丸。每天，请两三个青年小伙，在门口用铁棒不停捶打牛肉糜，主打现宰现做，以此为卖点，招徕顾客。店内张贴有一张大大的牛肉分解图，将牛身上各个部分标识清楚，告知顾客涮肉的时长，成为一大特色。

火锅店生意红火，又引来一帮跟随者，牛肉火锅店接二连三开张。

王老板见竞争激烈，两年后将顾客盈门的火锅店高价转让给他人。自己转身开了一家新潮的西式牛排馆，还专门请来西洋厨师烹饪牛排。

牛排馆生意一炮而红。

一天晚上，王老板在牛排馆关门后和一众伙计吃夜宵，喝酒闲聊，伙计们想知道为什么不能用本地的牛肉来做牛排，非要选用外国牛肉，成本贵不说，还没有本地现宰现杀的新鲜。

王老板道出其中缘由：本地牛多是山地牛，整日爬山放养，肌肉变得结实，纤维多，肉硬做牛排不合适。外国牛是专栏饲养，出肉快，且多油脂，肉嫩，就算生吃也能咬得动。王老板还推崇说，东洋有一种雪花牛，用来做牛排最好，肉和脂肪完美交融，嫩滑多汁，就算是没牙齿的老人都能咬得动。

其他伙计内心不免觉得有夸张的成分，而站在一旁的伙计何二听后动起了心思。

一个月后，何二从店里辞职，自己在附近新开了一家牛排馆。开业当天，锣鼓喧天，何二花重金请来记者宣传，店内食材全为东洋雪花牛。令人咂舌的是，何二居然请了一帮快掉光牙的老头老太太充当顾客，免费品尝牛排，敞开了吃，数量管够。

王老板的伙计认为何二不地道，偷了老板的点子。

王老板不以为意，说："他请的托好，但也有点不好。"伙计们不明白王老板的话。谁知第二天，城中爆出新闻，那帮吃了免费牛排的老头老太太，当中好几位因为肚子疼进了急诊室，竟有谣言，传何二的牛排不干净。这样一来，何二的牛排店没一炮而红，反而关门歇业。

"牛排虽嫩，可对于老人的肠胃来说难以消化，老人们多贪小便宜，猛吃海吃，一下子吃太多牛肉肯定会出问题。"王老板道出其中缘由。

伙计们对王老板彻底折服。

转眼到了第二年，西关老街改造，取缔了不少不合规范的饮食店，继而环境改造，将商圈打造成文化街区，大搞旅游业。

王老板把牛排店转让给几个伙计接手，另起炉灶，在刚建好的永庆坊步行街上，开了一家特产手信店，专卖各种牛肉做成的零食。牛肉粒、牛肉干、牛肉饼、牛肉条、牛肉片等，有不同口味的烤汁及配方，琳琅满目。

店门口设一柴炭小火炉，安排员工专职烘烤牛肉脯，一开门，便香气四溢，牛肉香弥漫整条步行街，烤好的牛肉脯会剪切成小块，置于碟中，插好牙签，请游客们免费试吃。

走过路过的游客，或闻到香气，或试吃过后，都会买上一两包带走，货如轮转。王老板又从牛排大王成了牛肉脯大王。

"创新者生，学我者死。要想一直牛市，就不能盲目跟风，走人多的路。"王老板如是说。

◀ 包大人

羊城人爱吃，任何一样美食都能在此收获它的拥趸。

老包在羊城开了一家包子店，销售各式包点，开业时间不久，生意却出奇得好。因为老板姓包，大家亲切地称他的店为"包大人"，名字后还有另一层意思，夸他家的包点出类拔萃，好过其他店，意为高人一等。

老包做包子是半路出家，心灵手巧，做出来的包子比别人多了一点心思。一般的包子最多 6 个褶，老包做出的包子褶至少 8 个以上，多为双数寓意吉祥。中式面点师技能大赛上，最高明的师傅也只弄出 15 个花褶，在老包店里，只要他想，随便一个小笼包上都可拥有 16 个褶。别人蒸包子，一屉一个味，老包不拘泥传统，随便摆，一屉放上十几种不同的口味。食客在包子上看不到明显记号，不解他如何分辨？

"虽说包子有肉不在褶子上，可我的记号，就在褶子上。"老包笑道。凭借着褶上的细微差别，老包能轻而易举认出包子的内馅,咸的、甜的、辣的、酸菜的……一拿一个准,从未听过投诉。

他家的包子、馒头软且白。技术差或不良的商家,为省成本和图便捷,下各种增白剂添加料来制作面点,靠的是科技和狠活。老包则从精选面粉原料、水质、水量控制、压面和面次数、发酵程度等配方工艺上下功夫。

老包说:"不用发霉面粉,不用黑心料,越用心,蒸出来的包子、馒头就越白。"

老包潜心钻研,不断开发新品。

店里推出一种叫"一清二白"的大葱包子。大葱切碎当素馅,白色的面和葱白,再加上青绿色的葱馅,掰开后青白分明,故而得名一清二白。现代都市人,油腻的膳食吃多了,吃几个一清二白包,调整饮食,清理一下肠胃,能有效促进消化,令人神清气爽。一清二白包一经推出,广受欢迎。

"包大人"生意火爆,座无虚席成常态,城中的达官贵人都会来逼仄的小店里吃包子。

店面靠近区府的家属院。有时早餐时段,顾客们会在店内发现几张熟悉的面孔——那些经常出现在市电视台、站在讲台上的重量级人物。他们穿着白衬衫,与普通食客拼桌进食,点几个一清二白包,谈笑从容,竟还落个接地气亲民的美名。

领导们来,领导太太们偶尔也光临。她们会避开饭点高峰期,一般是逛街逛累了回来,进店坐下点上一笼精致小巧的广式包点,老包再送几杯清茶,几人闲聊,一坐老半天,老包毫无怨言。倒不是因为她们的身份,老包区别对待。老包开门待客,从不看对方富贵贫贱，也不管消费多寡，都不卑不亢，一视同仁，不虚高价格，也从不打折。

赶上急雨天，来的客人少，出现供大于求的特殊情况。有卖不完的包点，老包会在门口挂出告示牌：新鲜的包子免费赠送。外卖小哥、快递员、清洁工或是有需要的人，都可以直接领走。

老包说："包子做出来就是给人吃的。新鲜才好吃，不卖隔夜包，是我的原则。"

老包的原则似乎远不止一条。

最近，中央巡视组下来检查，公开向社会征集各种问题线索。兴许是业务繁忙，常来光顾的那几位领导和领导太太多日不曾出现在店里，再过段时间，顾客们听说其中有两位权重者落马，举报的照片和信件被直接寄到巡视组。

民间传得有鼻子有眼，说那照片就在"包大人"店里偷拍的。照片里，夫人们放在凳边的包包和领导腰间的皮带被放大，做了标记，好几款都是昂贵的奢侈品牌。一查，被圈起来的皮包、皮带都是货真价实的真名牌，收入和职位工资严重不符，涉及违法犯罪，查证属实后锒铛入狱。

"单凭肉眼就能断定包包真假，难道是火眼金睛？"食客咬着包子悄悄问同伴。

同伴侧过脑袋，筷子悄悄指了一下蒸笼后的忙碌身影，答道："没听过包子有肉不在褶子上吗？人家老包，没学做包子，转行前，在皮具城里干了三十年的皮具师傅，什么样的皮包没见过……"

◀ 标王
．．．．．．．．．．．．

羊城人春节有行花街的习俗。

花街的时间一般为 3 天，从除夕往前推三天，除夕当日售卖到凌晨便结束。花街多卖花，迎春花市档口售卖各种吉祥绿植和花卉，琳琅满目，也有一些档口售卖年货或与春节相关的手工艺品。

西关花街是羊城历史最悠久的花街，设在西关核心地带的西关路上。一到迎春花市，路口就会半封闭，不允许行车，临时改成步行街。路中间搭建两排档口，从街头延伸到街尾，共计 300 多摊位，入口位置有一棚头档位，正对花市牌坊，面积是一般档位的两倍。行花街的人一走进来，迎面便是这个档位。右入左出，在花街里兜一圈后，还是从牌坊大门处出去。棚头档位的曝光率和人流量自然是全花街最高的。

以前，花街的档口费用一律均等，档口好坏全凭抽签决定。经济时代，档口就分成三六九等，位置好的、档口大的价格高点，而棚头档位的价格当然是全场最高。发展到现在，档位招租演变为招标投标模式。

棚头档位年年价格最高，中标的商家被称为"标王"。

标王的费用一年比一年高。

前年，花市投标开标，标王被市郊一家牛奶企业拍下，拍出了 18 万元的高价。档主们惊呼，这个价格，卖金花都赚不回来，何况卖牛奶。

有人觉得不可思议，向牛奶公司的老板询问，是不是写错了底价？

老板笑答："没错，18 万元三天，很值。"

"就算行花街的人一人买上一提牛奶，也难保能赚钱啊？"

"标王的位置绝对吸睛，18 万我就当是做广告了，比几秒钟的电视广告优惠多了。"老板揭开谜底。

果然如老板所料，原本名不见经传的企业在花市一炮而红，成了羊城家喻户晓的奶企，牛奶销量一路攀升。

第二年，其他企业也看中了标王起到的宣传和推广作用，竞争者涌入投标，争夺标王。

开标后，人们惊讶地发现，中标标王的仍是那家奶企，标王的价格居然高达 68 万，远远高出其他竞争对手。

"68 万，小小的一格花市摊位，三天下来，租金的均价远远高于天河商务区最高档的酒店和写字楼。如此高的租金，能回本吗？"市民议论纷纷。

奶企老总依旧淡定，亲自出场，在档口迎接顾客，宣传自家产品。高昂的标王价格引来诸多媒体关注和报道，奶企形象和老板的照片见诸报端，不少还是头版头条。

奶企的知名度一下子在全省范围内打响。人们幡然醒悟，标王的 68 万花得确实值，无形的增值和推广才是标王的目的所在。

越来越多的企业不再以争夺利润和卖产品为目的争夺标王，更多是为了品牌宣传。

今年年底，西关花市筹备初始，就有一家酒企放出豪言，标王势在必得，无论花多少钱都愿意。奶企老板不甘示弱，同样扬言，标王不会拱手让人。

羊城百姓关注事情的发展，都在猜测标王会花落谁家。

开标的日子到了，结果出来，令人意外，酒企得了标王，奶企也得了标王。两家居然联手，合作拿下标王，标价高达 88 万。

迎春花市开幕，百花齐放，热闹喜庆。一进门，全场的目光都不约而同落到花市标王上。奇的是，摊位上没有摆放酒水也没有摆放牛奶。

只见酒企和奶企的老板们，领着一众员工在档口前派发传单，档口中间摆放着一个硕大的捐款箱。

标王今年不卖产品，反而给希望工程和红十字会做起宣传，号召大家捐款献爱心。

老板们还专门买来几桶新鲜的玫瑰花，回赠给现场捐款的群众，无论多寡，有捐款就献上玫瑰一朵。

一位小学生捐赠了自己的两块钱零花钱，奶企老板赶紧献上一朵花，芳香扑鼻，老板笑着闻了闻拿过花的手，说道："赠人玫瑰，手有余香！"

◀ 掀桌

夕阳西下，创辉走在万绿湖畔的乡路上。

他让妻子开车载着孩子先回去，自己在在村口下车，想走走多年未走过的回家路。家乡的道路变得宽敞平坦，全是水泥路，不再是几十年前的羊肠山路。

儿时，创辉经常走在泥泞崎岖的乡间小道上。每天清晨，背着书包，拉着姐姐的手爬过小山，去隔壁村的学校上课。下午放学回来，得负责牵牛去河滩的草地上吃草喝水，顺便给牛洗澡。周末，跟着父母上山割草或摘果子。每年暑假，去石坪山顶的茶园当零工，给大人们打下手。

每当创辉蹒跚在山路上，拖着疲乏的双腿，他暗暗发誓，一定要走出山区，去外面的世界出人头地。

山里的孩子，可以都读书改变命运。创辉心野，脾气急，静不下来读书，勉勉强强读完初中，就不想继续学习。

父亲很生气，连续几天阴沉着脸。

为了让父亲开心，那天傍晚，创辉独自在厨房忙活许久，准备好一桌菜，还专门给父亲倒好满满的一大碗客家黄酒。

　　父亲扛着锄头从地里回来，见到桌上的两盘散发着香气的大鱼，问创辉鱼是从哪里来的？创辉得意地向父亲炫耀，是他和几个同学在万绿湖边电的鱼。

　　"胡闹！大人都不允许电鱼，何况你们小孩子。"父亲骂道。

　　创辉眼睛里的光一下子暗了下去，争辩道："我不是小孩了，我能赚钱，打鱼就能挣。"

　　"反正鱼打回来了，吃饭吧，别浪费了。"姐姐打着圆场。

　　"不吃了。"父亲很生气，一把掀翻桌子，菜肴四溅，创辉的心也跟着碎了一地。

　　第二天，创辉留下一封信，和同村的几个孩子坐上去羊城打工的大巴。城里几年，创辉寄了很多钱回家，但自己一次都没回家过年，进工厂当流水线工人、在餐馆端盘子、在游乐场当服务员、摆过地摊、干过工地，使劲折腾，努力拼搏。十年后，他赚下第一桶金，回到家乡和朋友们开了一家农家乐。为了不和父亲打照面，他专门把饭店的地址选在万绿湖的另一边。

　　饭店开起来，生意火爆，游客们从四面八方来游玩，感叹于万绿湖的美景时，也享受着地道的农家美食。

　　农庄的规模日渐扩大，创辉腰包鼓了，野心也大了。他与朋友们聚餐商议，打算在附近再办个塑料加工厂，再成立公司上市。

　　几人喝得兴起，口沫横飞。服务员跑来告知创辉，饭店外来了一个怪老头，不进来吃饭，围着饭店周围不停走，还不停拍照。

创辉走出去，认出怪老头是自己多年未见的父亲。相见虽有些尴尬，创辉和父亲打了招呼，邀请他进去一同进餐。

父亲的脾气一如年轻时急躁，冷着脸，大步入内，见到满桌的杯盘狼藉，突然发疯似地冲上前，一把掀翻桌子，菜肴四溅，创辉的脑海里又闯入十年前的一幕。

"你们饭店的排污管藏得隐蔽，我看得出，都直接排到湖里了，干出这样的事，就不怕给乡亲们戳脊梁骨？为赚钱，心都昧没了。"父亲骂骂咧咧走了。

半个月后，创辉的农家乐结业关门，据说是受到实名举报，被有关部门勒令停业。

创辉沉寂一段时间后，重新出发，在新的领域继续拼搏。

一眨眼，又十年过去。这十年间，创辉结了婚，有了孩子，媳妇孩子常去老宅看望爷爷奶奶，陪老人家聊家常、吃饭，创辉偶尔也回家看母亲，但总挑父亲不在家的时候，而且他从未在家里吃过一顿饭。

创辉怕遇到父亲，生怕父子在饭桌上一言不合，再发生掀桌子的不愉快场景。

不知不觉，创辉走到了老宅门口，脚步变得沉重起来。今天，老头子破天荒打电话给创辉，唤他晚上全家人回去吃饭。

不知道父亲葫芦里卖的什么药，创辉推开门，走了进去。

屋内的热闹和温馨气氛如湖水般瞬间将创辉包围。姐姐一家也回来团聚，桌上摆满香气扑鼻的佳肴，母亲和媳妇仍不断从厨房里端菜出来，父亲坐在首席，面前摆了一瓶黄酒和几个酒碗。

父亲边倒酒边喊道："就差你了，快洗手，开席吃饭吧。"

创辉愣住。

"快坐吧，你怕爹又掀桌呀？"姐姐开玩笑道。

父亲接话道："只要他干得好、行得正，我就不可能掀桌子。这些年，我都在关注他承包的山头，带领乡亲们种果树，搞蘑菇种植……听说市里还给颁了个农村致富带头人的头衔，挺好……"

创辉忽地眼角有些湿润，没想到，看似古板的父亲一直在默默关心着自己。

——第三届"万绿湖杯"小小说征文大赛 入围奖

◀ 油哥

和油哥认识是在一个摄影论坛，熟悉之后，他还把我拉进市里的摄影协会。

线下聚会，我很艰难地才把眼前戴着金丝眼镜、顶着一张油腻肥脸的中年男子与网上的才子联系到一块。尽管很多女会员背地里都笑话他长得油腻，可他一点都不在意，照样插科打诨，在饭桌上说些擦边球的笑话，引得女士们花枝乱颤、笑意盈盈。没得说，他是搞活气氛的一把好手，只要有他在，铁定没冷场。

聊天群里，他更是活跃分子，天天不是刷屏朋友圈，就是转发各种文章到群里，美其名曰送心灵鸡汤给大伙喝。一旦发现谁的作品获了大奖，油哥总第一时间祝贺，大加评论，不是精品就是佳作，不是经典就是完美，动辄有深度有意境，随口就是有内涵有高度，来来去去都是这几个词。

"你的评论怎么这么不走心呢？哥！估计你是链接都没点开，看都没看就回复了，每回都回得差不多！"我问他。

油哥回道："现在是个么时代？走肾、走量、走速度的年代！你想走心，走真诚，真有人在乎吗？都是走个过场而已，别太认真了。别管作品咋样，点赞少不了就是！"

他还暗地里跟我约好，下次如果发现有会员获奖，就让我专门负责转发获奖消息，他就立马跟上祝贺，然后堂而皇之地讨红包要沾喜气。唱好双簧，我们真抢了不少红包。

别以为他徒有其表，空有一张嘴，其实他的拍摄水平很高，常能拍到许多构图巧妙的好照片。不过，他有个坏习惯，喜欢给自己的作品起一些哗众取宠的标题，比如《绝世艳品》，种种暗示，会让人误以为是美女出浴图，其实只是一张小孩子没穿衣服的满月照；还有《车情男女》，取谐音之意，令人想入非非，实则不过只是几辆车拼在一起罢了。

"你怎么老起这样的名呢？"我不解。

"你还是年轻！好照片不如好标题，再好的作品不起个好名字，不懂炒作，谁会关注？出位、大胆，这是我致胜的法宝。"油哥以导师般的口吻朝我说道。

油哥的人生哲学无处不在。大伙聚餐，只要当中有领导级别，他一定极力吹捧，本着"有大吃大"的精神，边哄边拱让领导把账给结了。如是平级，他就会玩喝醉的游戏，不是借尿遁，就是一醉不醒，变着法子逃过掏钱的环节。

跟他单独吃饭时，我开玩笑说："按油哥的理论，有大吃大，你是长辈肯定得你买单啦？"

他诡黠一笑，不跟我玩装醉的套路，大大咧咧按着我的肩膀，说："老弟啊，哥教你这么多本事，就是装钱进你口袋呀，你长本事了，是不是得谢哥，得请哥吃饭呢？咋还能叫哥请客呢？"

一通歪理说得我无言以对，乖乖掏钱。

但我万万没想到，油哥的油嘴滑舌，也有滑铁卢的一天。

去年的一天，我照例刷着微信。突然，摄影协会群里有人转发了一条消息，再细看，是协会副会长发的消息，标题写的是"精彩自拍"。副会长是市里某部门的一把手，小有权势，平日里我跟油哥没少跟在他后头吃香喝辣，蹭了不少好处。

油哥看都不看，点都不点进去，照例第一个秒回复，道："会长出品，必属精品！佳作！经典！向您学习！向您看齐。"

等了好一会，没见一帮跟屁虫跟风追捧，异常冷清。我忙点开链接，大叫坏事，原来副会长的手机让妻子给缴获，刚才那条微文是夫人发的，里面的照片都是副会长与情人亲热的照片，附有几条露骨的聊天信息。

聊天群里沉寂了数日。几天后，一条惊天新闻再次让聊天群沸腾起来，听说副会长被人举报，已被停职接受双规调查。群友议论纷纷，唯独不见油哥发出支声片语，我拉开名单一瞧，发现油哥不知何时已退出了群聊。

此后，油哥像是人间蒸发一般，再没有在大家眼前出现。

前几日，我到公司附近的美食街吃午饭。刚在门口的位置坐下，就听到有人喊我，一抬头，看到一张亲切的脸孔、干练的短发，小肚腩都不见了，一身衬衫西裤清清爽爽，第一眼真认不出来，居然是油哥。

油哥说来附近开会，择日不如撞日，我们坐下叫了两菜边吃边聊。油哥现在在市里一家纯净水公司上班，虽还玩摄影，可拍的多是与工作相关的照片。快吃完时，我抬手，示意服务员过来收钱，服务员却指了指油哥，告知账早已结过。原来他刚才去厕所的路上偷偷买了单。

　　临走前，油哥报给我一个新手机号，我重新加了微信，轻点头像，微信名叫浪哥。

　　我脱口而出，去了油，从了良，挺好！

　　我们瞬间笑得像俩天真的孩子。

◀ 辛姨
．．．．．．．．．

深夜，余老板应酬完，酒气没散，去对街的黄金足洗浴城，想捏个脚放松一下。他是黄金足洗浴城的常客，就爱捏个脚，不做其他项目。

经理问他，要选哪个技师？

余老板摆摆手，表示随便。没说完，便仰躺在椅子上眯起了眼。迷迷糊糊间，他感觉双脚被人不停揉捏，摩来按去，有种说不出的舒坦。等快捏完的时候，余老板睁开眼，发现在跟前的女人不是平日那些青春靓丽的少女，而是一位年纪与自己相仿的大姐。

"老板，还满意吧！"大姐问。

余老板点头，表示很满意。

"谢谢您的认可，我还是第一回服务客人，有意见您多提。"大姐满脸堆笑，说，"要是您觉得好，下次来再点我，她们都叫我辛姨。"

余老板记住了，再来又叫了辛姨两次，很满意她的服务。辛姨虽然快50了，可干活细致耐心，不像那些年轻姑娘，做事敷衍，也不会在上班的时候玩手机，也不会叽叽喳喳说个不停。一般是客人问话，她才答上一两句。余老板得知她原来在这里干保洁，丈夫走得早和儿子相依为命，今年儿子考上了大学，她就和经理商量，让她也学下捏脚，想多挣点钱交学费。经理心肠好，答应了她的请求。顾客多，技师也分档次。辛姨学会了，在忙不过来的时候，可以服务那些不挑剔的顾客。当然，她的工价是所有捏脚技师里最低档的，不过辛姨很满意这份收入，干起活来特别用心。

以后余老板来，都固定点辛姨捏脚。两人熟络后，聊得更多了。

"您在哪里高就？"辛姨问余老板。余老板穿着朴素，一般人看不出他的身份。

"我在对面的鱼鲲海鲜城上班。"余老板的话半真半假。

"干活辛苦吗？"

"还好！"

"赚点钱不容易啊，还是得省点，别来洗浴城那么勤。"辛姨的话透着一股实诚。

"孤家寡人，无儿无女，赚钱没别地方花，就喜欢花自己身上。"

"你没家人？"

"女人早离了，年轻时说跟不了我吃苦。"余老板笑笑说，"现在想找，又遇不上喜欢的。"

辛姨一听没再接话，余老板也笑笑，没再聊下去，但他来洗浴城来得更勤快了。

半年后，辛姨给余老板捏完脚，在收拾东西。

"要不你来海鲜城干吧，我认识人，可以给你更高的工资。"余老板对辛姨说，他在心里有了一个计划。

辛姨答："不了，再干到月底，我也不在这里干了！"

"打算去哪里？"余老板大感意外。

辛姨说，自己最近认识一个男人，那人对她挺好，让她别在洗浴城干了，出去和他一起过日子。

"那人干啥的？"余老板很好奇。

辛姨嘿嘿一乐，有点害羞，说："他是个诗人！"

"诗人？"

辛姨从工具箱里掏出一张残旧的日历纸，上面歪歪斜斜写着几行字，说："这是他写给我的情诗……"说着，脸上多了一份少女才有的羞赧。

余老板没心情看下去，突然有种心闷的感觉。从休息室出来，他破天荒地上了楼，接着去泡了个桑拿浴。等蒸完桑拿推拿完下楼，见到辛姨刚好下班，正站在洗浴城外的街角和一个骑着板车的男人说话。

余老板认出那个骑车的老男人，男人叫老孙头，在附近收破烂为生，海鲜城里的啤酒瓶和纸箱就经常让他拉走。

辛姨见到余老板，大方地朝他打招呼。

这就是你那位诗人呀！余老板跟他们笑，语气里没有一丁点嘲讽。

老孙头不好意思了，挠挠头，说："瞎写，瞎写的。闹着玩的，见笑了。"

说着，辛姨挤上老孙头的座位。老孙头踩动板车，辛姨跟余老板辉手道别。

余老板看着他们两人挤在板车上远去的背影，轻轻摇头。

这辛姨，真和别的女人不一样，有意思，居然喜欢诗人！余老板笑了，笑容里挂着些许无奈。他穿过街道，朝自家的鱼鲲海鲜城走回去。